国家信息安全培训丛书

信息系统灾难恢复基础

中国信息安全测评中心　编著

航空工业出版社

北　京

内 容 提 要

随着信息化程度的增强，信息系统灾难带来的损失日益增大。减少信息系统灾难对社会的危害和人民财产带来的损失，保证信息系统所支持的的关键业务能在灾害发生后及时恢复并继续运作成为信息安全领域的重要研究方向。

本书系统地介绍了信息系统灾难恢复的发展过程、定义概念、标准法规和规划实施方法、步骤。本书共分为两个部分，第一部分介绍了信息灾难恢复的发展过程、相关标准法规；第二部分介绍了信息系统灾难恢复的组织管理、建设流程、需求确定、策略制定，以及灾难备份中心的建设等具体操作内容。

本书是中国信息安全测评中心注册信息安全专业人员（CISP）和注册信息安全员（CISM）的正式教材，可作为高等院校信息安全专业的教材，还可作为信息安全培训和从业人员的信息系统灾难恢复的参考用书。

图书在版编目（CIP）数据

信息系统灾难恢复基础/中国信息安全测评中心编著.
北京：航空工业出版社，2009.6
（国家信息安全培训丛书）
ISBN 978 - 7 - 80243 - 342 - 7

Ⅰ．信…　Ⅱ．中…　Ⅲ．信息系统—安全管理　Ⅳ．TP309

中国版本图书馆 CIP 数据核字（2009）第 089266 号

信息系统灾难恢复基础
Xinxi Xitong Zainan Huifu Jichu

航空工业出版社出版发行
（北京市安定门外小关东里 14 号　100029）
发行部电话：010 - 64815615　010 - 64978486
北京地质印刷厂印刷　　　　　　　全国各地新华书店经售
2009 年 6 月第 1 版　　　　　　　2009 年 6 月第 1 次印刷
开本：787×1092　1/16　　印张：9.75　　字数：241 千字
印数：1—5000　　　　　　　　　　定价：29.00 元

序

世界正经历一场伟大的信息革命，信息成为一种重要的战略资源。它改变着人们的生活方式和工作方式，形成新的社会形态。

随着我国社会信息化进程的不断发展，计算机网络及信息系统在政府机构、企事业单位及社会团体的工作中发挥着越来越重要的作用。然而，信息化水平的提高在带来巨大发展机遇的同时也带来了严峻的挑战。由于信息系统是一个复杂巨系统，它存在着脆弱性，信息安全问题不断暴露。信息安全关系到国家的经济安全、政治安全、军事安全和文化安全。信息安全已经成为维护国家安全和社会稳定的一个重要因素。

当前，社会对信息安全专业人员的需求逐年增加。发展信息安全技术与产业，关键是人才。培养信息安全领域的专业人才，已成为当务之急。高素质的信息安全人才队伍是保障国家重点基础网络和重要系统安全的基石，是制定信息安全发展战略规划与政策并建设国家信息安全保障体系的骨干力量，是发展我国信息安全产业的排头兵。

目前我国的信息安全教育工作仍相对滞后，信息安全人才十分匮乏，社会需求与人才供给间还存在着很大差距。如何培养信息安全的专业人才，是我国目前面临的重要问题。

《国家信息安全培训丛书》力图涵盖信息安全知识体系的方方面面，蕴含了信息安全保障体系的各个组成部分，是一套很好的信息安全专业人员培训丛书。相信这套丛书的出版，将有利于信息安全专业人员的培养。

何德全

2009 年 5 月

目　录

第一部分　信息系统灾难恢复基础

第1章　信息系统灾难恢复综述 ………………………………………………………… 3

1.1　信息系统灾难恢复的历史和现状 ………………………………………………… 3

1.1.1　国外灾难恢复的发展概况 …………………………………………………… 3

1.1.2　国内灾难恢复的发展概况 …………………………………………………… 5

1.2　信息系统灾难恢复有关术语 ……………………………………………………… 6

1.2.1　灾难的定义 …………………………………………………………………… 6

1.2.2　灾难恢复的含义和目标 ……………………………………………………… 8

1.2.3　灾难恢复与灾难备份、数据备份 …………………………………………… 8

1.2.4　灾难恢复与业务连续规划、业务连续管理 ………………………………… 8

1.2.5　主中心与灾难备份中心 …………………………………………………… 10

1.2.6　主系统与灾难备份系统 …………………………………………………… 10

1.2.7　恢复时间目标与恢复点目标 ……………………………………………… 10

1.3　信息安全与灾难恢复 …………………………………………………………… 10

1.4　信息系统灾难恢复工作的意义 ………………………………………………… 11

1.4.1　信息系统灾难恢复的必要性 ……………………………………………… 11

1.4.2　信息系统灾难恢复的重要性 ……………………………………………… 12

第2章　信息系统灾难恢复相关标准法规 ……………………………………………… 14

2.1　国外灾难恢复的标准法规 ……………………………………………………… 14

2.1.1　美国灾难恢复的标准法规 ………………………………………………… 14

2.1.2　英国灾难恢复的标准法规 ………………………………………………… 16

2.1.3　新加坡灾难恢复的标准法规 ……………………………………………… 16

2.1.4　澳大利亚灾难恢复的标准法规 …………………………………………… 17

2.2　国内灾难恢复的标准法规 ……………………………………………………… 17

2.2.1　国家出台的相关政策 ……………………………………………………… 17

2.2.2　重点行业的相关政策 ……………………………………………………… 18

2.2.3　地方政府的相关政策 ……………………………………………………… 19

2.3　信息安全相关标准法规 ………………………………………………………… 19

2.3.1　ISO 27001 对业务连续性和灾难恢复管理的要求 ……………………… 20

2.3.2　ISO 20000 对 IT 服务管理的要求 ……………………………………… 20

2.3.3 COBIT 对业务连续性和灾难恢复管理的要求 ···················· 21

第二部分 信息系统灾难恢复规划和实施

第3章 灾难恢复的组织管理 ·· 27
3.1 灾难恢复的组织机构 ·· 27
3.2 灾难恢复的外部协助 ·· 28
第4章 灾难恢复的建设 ·· 29
4.1 灾难恢复建设的内容及流程 ······································ 29
4.2 灾难恢复建设的基本原则 ·· 31
4.3 灾难恢复建设的模式 ·· 31
4.3.1 灾难恢复建设模式的比较 ···································· 31
4.3.2 灾难恢复服务提供商的选择 ·································· 36
第5章 灾难恢复需求的确定 ·· 38
5.1 需求分析的必要性和特点 ·· 38
5.2 风险分析 ·· 39
5.2.1 风险分析方法 ·· 40
5.2.2 风险分析的要素 ·· 43
5.2.3 风险分析的过程 ·· 43
5.2.4 风险分析的结论要求 ·· 47
5.3 业务影响分析 ·· 48
5.3.1 业务影响分析方法 ·· 48
5.3.2 业务影响分析的要素 ·· 49
5.3.3 业务影响分析的结论要求 ···································· 51
5.4 需求分析的结论 ·· 52
第6章 灾难恢复策略的制定 ·· 53
6.1 成本效益分析 ·· 53
6.1.1 成本效益分析的方法 ·· 53
6.1.2 成本效益分析的内容 ·· 55
6.2 灾难恢复资源 ·· 58
6.3 灾难恢复等级 ·· 59
6.3.1 灾难恢复 SHARE78 的 7 级划分 ······························ 59
6.3.2 灾难恢复的 RTO/RPO 指标 ···································· 60
6.3.3 我国灾难恢复等级划分 ······································ 60
6.4 同城和异地 ·· 61
6.5 灾难恢复策略的制定方法 ·· 62

第 7 章　灾难备份中心的选择和建设 ································· 64

7.1　选址原则 ·· 64

7.2　灾难备份中心基础设施的要求 ································ 64

7.2.1　基础设施涵盖的范围 ····································· 64

7.2.2　基础设施规划原则 ·· 65

7.2.3　主要基础设施的建设要点 ································· 66

第 8 章　灾难备份系统技术方案的实现 ··························· 67

8.1　数据备份技术基础 ·· 68

8.1.1　备份技术概述 ··· 68

8.1.2　备份策略 ··· 69

8.1.3　备份战略 ··· 69

8.1.4　备份场景 ··· 70

8.1.5　备份和恢复流程 ·· 71

8.1.6　RAID 技术 ·· 73

8.2　主要的数据备份方式 ·· 77

8.3　技术方案的设计 ··· 80

8.3.1　基于备份恢复软件的灾难备份方案 ·················· 80

8.3.2　基于数据库的数据复制灾难备份方案 ··············· 80

8.3.3　基于专用存储设备的数据复制灾难备份方案 ······· 81

8.3.4　基于主机的数据复制灾难备份方案 ·················· 81

8.3.5　基于磁盘的数据复制灾难备份方案 ·················· 81

8.4　备用数据处理系统 ·· 81

8.5　备用网络系统 ·· 82

8.5.1　设计原则 ··· 82

8.5.2　系统构成 ··· 83

第 9 章　专业技术支持和运行维护管理能力的实现 ············· 85

9.1　技术支持及运行维护的目标和体系构成 ··················· 85

9.2　技术支持及运行维护体系的组织架构 ····················· 86

9.3　灾难备份中心运行维护的内容和制度管理 ··············· 87

9.3.1　运行维护的内容 ·· 87

9.3.2　运行维护管理制度 ·· 87

第 10 章　灾难恢复预案的实现 ···································· 89

10.1　灾难恢复预案的内容 ·· 89

10.2　灾难恢复预案的管理 ·· 91

10.2.1　灾难恢复预案的管理内容 ······························ 91

10.2.2　灾难恢复预案的管理原则 ······························ 91

10.2.3　灾难恢复预案的管理方法 ······························ 92

10.3　灾难恢复预案的培训 ……………………………………………………… 94

10.4　灾难恢复预案的演练 ……………………………………………………… 95

　　10.4.1　演练的目的 ……………………………………………………… 96

　　10.4.2　演练的方式 ……………………………………………………… 97

　　10.4.3　演练的过程管理 ………………………………………………… 99

　　10.4.4　演练的总结和评估等后续工作 ………………………………… 101

附录1：GB/T 20988—2007《信息安全技术　信息系统灾难恢复规范》 ……… 103

1　范围 …………………………………………………………………………… 103

2　规范性引用文件 ……………………………………………………………… 103

3　术语和定义 …………………………………………………………………… 103

4　灾难恢复概述 ………………………………………………………………… 106

　4.1　灾难恢复的工作范围 …………………………………………………… 106

　4.2　灾难恢复的组织机构 …………………………………………………… 106

　4.3　灾难恢复规划的管理 …………………………………………………… 107

　4.4　灾难恢复的外部协作 …………………………………………………… 107

　4.5　灾难恢复的审计和备案 ………………………………………………… 107

5　灾难恢复需求的确定 ………………………………………………………… 107

　5.1　风险分析 ………………………………………………………………… 107

　5.2　业务影响分析 …………………………………………………………… 107

　5.3　确定灾难恢复目标 ……………………………………………………… 108

6　灾难恢复策略的制定 ………………………………………………………… 108

　6.1　灾难恢复策略制定的要素 ……………………………………………… 108

　6.2　灾难恢复资源的获取方式 ……………………………………………… 109

　6.3　灾难恢复资源的要求 …………………………………………………… 110

7　灾难恢复策略的实现 ………………………………………………………… 111

　7.1　灾难备份系统技术方案的实现 ………………………………………… 111

　7.2　灾难备份中心的选择和建设 …………………………………………… 112

　7.3　专业技术支持能力的实现 ……………………………………………… 112

　7.4　运行维护管理能力的实现 ……………………………………………… 112

　7.5　灾难恢复预案的实现 …………………………………………………… 112

附录2：信息安全灾难恢复服务资质介绍 ……………………………………… 122

2.1　认证依据 …………………………………………………………………… 122

2.2　级别划分 …………………………………………………………………… 122

2.3　信息安全灾难恢复服务资质（一级）要求 ……………………………… 122

　2.3.1　基本资格要求 …………………………………………………………… 122

　2.3.2　基本能力要求 …………………………………………………………… 123

　2.3.3　灾难恢复工程过程及能力级别 ……………………………………… 124

2.4 申请流程 125
  2.4.1 申请流程图 125
  2.4.2 申请阶段 125
  2.4.3 资格审查阶段 125
  2.4.4 能力测评阶段 126
  2.4.5 证书发放阶段 127
  2.4.6 监督和维持 127
2.5 申请书 127
2.6 处置 127
2.7 争议、投诉与申诉 128
2.8 认证企业档案 128
2.9 费用及认证周期 128
附录3：信息安全灾难恢复服务能力测评准则介绍 129
3.1 信息安全灾难恢复服务介绍 129
  3.1.1 组织机构 129
  3.1.2 灾难恢复管理过程 130
3.2 信息安全灾难恢复能力成熟度模型 131
  3.2.1 能力成熟度模型的概念 131
  3.2.2 信息安全灾难恢复能力成熟度模型体系结构 131
3.3 如何使用标准 136
  3.3.1 使用 DRP-CMM 进行过程改进 136
  3.3.2 使用 DRP-CMM 进行能力评估 140
  3.3.3 使用 DRP-CMM 获得安全保证 140

第一部分
信息系统灾难恢复基础

本部分包含以下章节：

第 1 章　信息系统灾难恢复综述
第 2 章　信息系统灾难恢复相关标准法规

第 1 章　信息系统灾难恢复综述

1.1　信息系统灾难恢复的历史和现状

1.1.1　国外灾难恢复的发展概况

灾难备份和恢复于 20 世纪 70 年代中期在美国起步,源于美国中西部地区对电脑设施进行的备份。灾难恢复行业的历史性标志是 1979 年在美国宾夕法尼亚州的费城(Philadelphia)建立了专业的商业化的灾难备份中心并对外提供服务。在这以后的 10 年里,美国的灾难恢复行业得到了迅猛发展,拥有超过 100 家灾难备份服务商。1989 年以后的 10 年中,灾难备份服务商之间进行了大规模的合并和重组,到 1999 年市场上只剩下 31 家灾难备份服务商,并以每年 15%的速度增长。

从 1982 年到 1998 年的 16 年间,灾难恢复预案经受了大型灾难的考验,业务连续规划(BCP)开始出现,美国灾难恢复行业成功地完成了 582 宗灾难恢复,平均每年约 40 宗。在这些灾难恢复中,44%的案例是由于发生了区域性的灾难使多个灾难备份服务客户同时受到影响,而从来没有出现客户因灾难备份中心资源不够而无法恢复的情况。灾难发生的原因最常见的是停电,其次是硬件损坏和火灾等。这 582 宗灾难分别由遍布全美的 25 个灾难备份中心进行了成功的恢复,灾难恢复服务商充分显示了其在提供专业可靠、低成本灾难备份与恢复服务方面的优势。

2005 年,美国德勤公司针对灾难恢复建设及其驱动力等方面,对 273 个机构(覆盖政府、银行、保险、制造、医疗保险、电力、通信、教育和零售业等)进行了调查,结果显示,建设灾难恢复系统的比例在不断增高,如表 1–1 所示。

表 1–1　美国灾难恢复建设情况

机构灾难恢复建设情况	2004 年	2005 年
全部或部分关键业务建立了灾难恢复系统的机构	74.4%	83.6%
全部关键业务建立了灾难恢复系统的机构	21.7%	41.8%

各机构开展灾难恢复建设的驱动力主要来自于确保业务的持续可用、法律法规的要求、机构决策层对风险管理的责任等。美国德勤公司 2005 年的调查数据如表图 1–1 所示。

9·11 事件后,Globe Continuity Inc. 对美国、英国、澳大利亚及加拿大共 565 个公司使用灾难备份中心的情况进行了调查,发现在拥有或租用了灾难备份中心的公司中,56%使用了商业化的灾难备份服务,29%使用自有的灾难备份中心,15%在商业化灾难备份服务的基础上同时拥有自己的备份设施。两项相加,使用灾难备份服务外包的比例达到了71%。西方国家灾难恢复建设状况如图 1–2 所示。

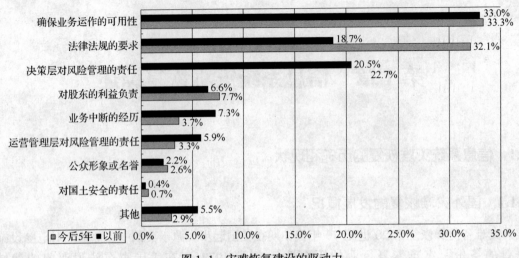

图 1-1　灾难恢复建设的驱动力

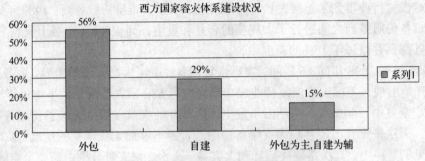

图 1-2　西方国家灾难恢复建设状况

2006 年，IDC 对 40 家企业的业务连续性和灾难备份情况进行抽样调查，其中，自建占 56.8%，外包占 43.2%。调查指出，从 2004 年到 2006 年，公司越来越认同在满足他们的可用性要求方面外包模式比自建模式更加安全可靠。IDC 在 2006 年的调查报告中还指出，2006 年灾难恢复外包建设模式的比例比 2004 年高出 30.5%；自建的成本是外包费用的 3.28 倍。

鉴于灾难恢复建设的重要性，美国、欧洲等西方国家的政府和行业主管部门就重要信息系统的灾难恢复建设制定了相应的监管措施来指导和规范行业的灾难恢复工作。尤其是 9·11 事件发生后，各国监管部门纷纷对其行业的抵抗灾难打击和保证连续运作的能力进行了重新评估，制定了新的规范、指引和工作文件。

从用户的行业划分来看，灾难恢复行业面向的主要客户还是金融业。事实上，有近一半的灾难备份中心是专门为金融行业服务的。据 CPR（Contingency Planning Research）估计，美国灾难恢复行业的年销售额中有 45% 来自金融行业。

西方发达国家重要机构都在远离主数据中心的地方拥有一个灾难恢复系统，如美国的 Wells Fargo Bank、法国的法兰西银行、新加坡的 Citibank 等。对于信息系统依赖程度较高的公司往往需要拿出 IT 总预算的 7%～15% 用于灾难恢复，每月要支付大约 5 万～10 万美元的费用，大公司甚至达到每月 100 万美元。据 Meta 预测，在全球大公司中，用于业务连续计划的投入将会持续上升，到 2007 年，这笔投入将平均达到 7%。

1.1.2　国内灾难恢复的发展概况

在国内，各行业用户对信息安全的建设越来越重视，其投入也呈现稳定增长的态势，但就单位信息化来说，大部分单位还没有有效的灾难恢复策略，没有建立统一的业务连续管理机制。

20 世纪 90 年代末期，一些单位在信息化建设的同时，开始关注对数据安全的保护，进行数据的备份，但当时，不论从灾难恢复理论水平、重视程度、从业人员数量质量，还是技术水平方面都还很不成熟。

2000 年，"千年虫"事件引发了国内对于信息系统灾难的第一次集体性关注，但 9·11 事件所带来的震动真正地引起了大家对灾难恢复的关注。随着国内信息化建设的不断完善、数据大集中的开展和国家对灾难恢复工作的高度重视，越来越多的单位和部门认识到灾难恢复的重要性和必要性，开展灾难恢复建设的时机已基本成熟。21 世纪初，国内灾难恢复专业服务商的出现以及灾难恢复外包和咨询项目的开展标志着国内灾难恢复市场的起步。中国的灾难恢复建设在经历几年的探讨之后，正逐步进入实践阶段。

2003 年，中共中央办公厅、国务院办公厅下发了《国家信息化领导小组关于加强信息安全保障工作的意见》，明确要求：各基础信息网络和重要信息系统建设要充分考虑抗毁性与灾难恢复，制定和不断完善信息安全应急处置预案。为贯彻落实中央的指示，国务院信息化工作办公室于 2004 年 9 月份下发了《关于做好重要信息系统灾难备份工作的通知》，文件强调了"统筹规划、资源共享、平战结合"的灾难备份工作原则。为进一步推动八个重点行业加快实施信息系统灾难恢复工作，国务院信息化工作办公室于 2005 年 4 月份下发了《重要信息系统灾难恢复指南》，文件指明了灾难恢复工作的流程、灾难备份中心的等级划分及灾难恢复预案的制定。2007 年 6 月，《重要信息系统灾难恢复指南》经修订完善后正式升级为国家标准，国家质量监督检验检疫总局以国家标准的形式正式发布了《信息安全技术　信息系统灾难恢复规范》（GB/T 20988—2007），该标准于 2007 年 11 月正式实施。

北京、上海、深圳、广州和成都等城市都已出台或正在研究电子政务信息系统灾难恢复工作的意见和规划；中国人民银行发布了《中国人民银行关于加强银行数据集中安全工作的指导意见》、《关于进一步加强银行业金融机构信息安全保障工作的指导意见》；银监会发布了《关于印发〈银行业金融机构信息系统风险管理指引〉的通知》，以上文件明确要求银行必须建立相应的灾难备份中心，制定业务连续性计划。中国保险监督管理委员会出台了《加强保险信息安全保障工作的意见》、《关于做好保险业信息系统灾难备份工作的通知》和《保险业信息系统灾难恢复管理指引》（征求意见稿）。中国证券监督管理委员会下发了《关于进一步做好证券期货业信息安全保障工作的意见》和《关于印发〈证券期货业信息安全保障管理暂行办法〉的通知》等。

一些业务对信息化依赖程度极高的政府部门已着手本单位灾难恢复建设。国税总局、海关总署、中国人民银行、商务部等部委均已完成或正在建设灾难备份中心；北京、上海、深圳、广州、杭州等各地政府已建设或启动灾难备份中心建设。政府部门以自建为主，大部分采用了专业化灾难恢复/业务连续性咨询服务。

银行业灾难恢复建设起步早，各单位基本上建立了专门的灾难恢复组织机构，大部分国有银行和大中型商业银行都建设了同城或异地的灾难备份中心，正在实施或有未来 3 年内的异地或同城灾难备份中心建设规划。目前，自建和外包的建设模式并存。工商银行、农业银行、中国银行和建设银行四大国有商业银行以及交通银行、招商银行、兴业银行、民生银行和光大银行等股份制商业银行均采用或计划采用自建模式。国家开发银行选择了同城、远程灾难备份均采用外包模式，以降低管理复杂度，提高专业性。深圳发展银行、广东发展银行、中信银行、华夏银行等股份制商业银行均选择外包模式。

其他信息化程度较高的行业如保险、证券、电力、民航、电信、石化和钢铁等企业正在开展和规划灾难恢复系统的建设。

同时，国内的灾难恢复工作还存在一些问题。部分单位对灾难恢复建设的概念模糊，混淆了数据备份、灾难恢复和业务连续性的区别，存在侥幸心理，缺乏开展灾难恢复工作的积极性；在没有统筹规划的前提下各行业及地方自行建设灾难备份中心，必将产生重复建设的情况，造成社会经济资源的分散和浪费；从事灾难恢复建设和服务的企业良莠不齐，部分企业缺乏专业化能力，所提供的建设方案不能满足灾难恢复的要求，不具备保证灾难恢复和业务连续性能力；灾难备份中心应付灾难的能力必须通过不断的演练来提升和完善，目前已建成的灾难备份中心普遍缺乏严格的演练，灾难备份中心的运营缺乏有效的监管和审计，导致大量的灾难备份中心无法在灾难来临时有效发挥作用。

中国的信息化正逐步进入应用时代，数据量也迅速增长，存储数据的备份与灾难恢复的建设将成为信息化的核心，灾难恢复市场将进入加速发展期。赛迪顾问预测，在未来 3 年中预计灾难恢复市场规模将持续高速增长。来自 IDC 的最近调查结果也表明了这一趋势，在未来 5 年中，中国的灾难恢复业务将发展很快，其综合年增长率将达到 46%。

1.2　信息系统灾难恢复有关术语

1.2.1　灾难的定义

灾难是一种具有破坏性的突发事件，如图 1-3 所示。我们所关注的是灾难对单位的正常运营和社会的正常秩序造成的影响，其中最明显的影响是信息服务的中断和延迟，致使业务无法正常运营。信息系统停顿的时间越长，单位的信息化程度越高，损失就越大。

《信息安全技术　信息系统灾难恢复规范》（GB/T 20988—2007）将灾难定义为：由于人为或自然的原因，造成信息系统运行严重故障或瘫痪，使信息系统支持的业务功能停顿或服务水平不可接受，通常导致信息系统需要切换到备用场地运行的突发事件。典型的灾难事件包括自然灾害，如火灾、洪水、地震、飓风、龙卷风和台风等，还有技术风险和提供给业务运营所需服务的中断，如设备故障、软件错误、通信网络中断和电力故障等；此外，人为的因素往往也会酿成大祸，如操作员错误、植入有害代码和恐怖袭击等。各事件造成的灾难统计数据比例如图 1-4 所示。

自然灾难　　　　　　　　　　　　恐怖袭击

电力中断　　　　　　　　　　流行性疾病(如非典、禽流感)

图 1-3　常见灾难图示

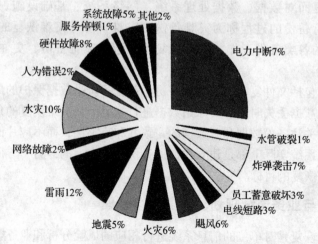

图 1-4　各事件造成的灾难统计数据比例示意图

现阶段，由于我国很多行业正处在快速发展的阶段，很多生产流程和制度仍不完善，加之普遍缺乏应对灾难的经验，这方面的损失屡见不鲜。事实上，我国2003年遭遇的"非典"，某种意义上也是灾难。

1.2.2 灾难恢复的含义和目标

灾难恢复是指将信息系统从灾难造成的故障或瘫痪状态恢复到可正常运行状态，并将其支持的业务功能从灾难造成的不正常状态恢复到可接受状态，而设计的活动和流程。它的目的是减轻灾难对单位和社会带来的不良影响，保证信息系统所支持的关键业务功能在灾难发生后能及时恢复和继续运作。

为了减少灾难带来的损失和实现灾难恢复所做的事前计划和安排被称为灾难恢复规划。

信息系统的灾难恢复工作，包括灾难恢复规划和灾难备份中心的日常运行，还包括灾难发生后的应急响应、关键业务功能在灾难备份中心的恢复和重续运行，以及生产系统的灾后重建和回退工作。

灾难恢复规划是一个周而复始、持续改进的过程，包含以下几个阶段：

（1）灾难恢复需求的确定；

（2）灾难恢复策略的制定；

（3）灾难恢复策略的实现；

（4）灾难恢复预案的制定、落实和管理。

灾难恢复主要涉及的技术和方案有数据的复制、备份和恢复，本地高可用性方案和远程集群等；但灾难恢复不仅仅是恢复计算机系统和网络，除了技术层面的问题，还涉及到风险分析、业务影响分析、策略制定和实施等方面，灾难恢复是一项系统性、多学科的专业性工作。

1.2.3 灾难恢复与灾难备份、数据备份

为了灾难恢复而对数据、数据处理系统、网络系统、基础设施、技术支持能力和运行管理能力进行备份的过程称为灾难备份。灾难备份是灾难恢复的基础，是围绕着灾难恢复所进行的各类备份工作，灾难恢复不仅包含灾难备份，更注重的是业务的恢复。

数据备份通常包括文件复制、数据库备份。数据备份是数据保护的最后一道防线，其目的是为了在重要数据丢失时能够对原始数据进行恢复。从灾难恢复的角度来看，与数据的及时性相比更应关注备份数据和源数据的一致性和完整性，而不应片面地追求数据无丢失。任何灾难恢复系统实际上都是建立在数据备份基础之上的；另一方面，数据备份策略的选择取决于灾难恢复的目标。

1.2.4 灾难恢复与业务连续规划、业务连续管理

信息系统灾难恢复是对单位的信息系统进行相应的风险分析和业务影响分析，以确定信息系统面对灾难事故时的预防和恢复策略，开发并制定相应的系统恢复计划、管理方法和流程，以减轻灾难对于单位信息系统的不利影响。

　　业务连续规划（Business Continuity Planning， BCP），是灾难事件的预防和反应机制，是一系列事先制定的策略和规划，确保单位在面临突发的灾难事件时，关键业务功能能持续运作、有效地发挥作用，以保证业务的正常和连续。业务连续规划不仅包括对信息系统的恢复，而且包括关键业务运作、人员及其他重要资源等的恢复和持续。

　　对于信息化依赖程度高的单位，信息系统灾难恢复是其业务连续规划的重要组成部分。信息系统灾难恢复的目的是保证信息系统所支持业务的连续，业务连续规划面向信息系统及业务恢复。

　　业务连续管理(Business Continuity Management， BCM)，是对单位的潜在风险加以评估分析，确定其可能造成的威胁，并建立一个完善的管理机制来防止或减少灾难事件给单位带来的损失。业务连续管理是一项综合管理流程，它使组织机构认识到潜在的危机和相关影响，制定响应、业务和连续性的恢复计划，其总体目标是为了提高单位的风险防范与抗打击能力，以有效地减少业务破坏并降低不良影响，保障单位的业务得以持续运行。业务连续规划是实现 BCM 的基础环节和重要保障。业务连续管理与业务连续规划的关系见图 1–5。

业务连续管理（BCM）							
危机管理		应急管理		业务连续规划（BCP)			
关联组织危机管理	危机通信及危机公关	紧急事件应急响应处置	灾难事件应急响应处置	风险分析和业务影响分析	恢复策略和方案	信息系统恢复预案	业务恢复预案	重建和回退计划

图 1–5　业务连续管理的主要内容

　　构建业务连续管理体系，不仅需要着眼于 IT 系统的备份与恢复，更重要的是确定或构建嵌于单位生命周期的业务连续管理目标、策略、制度、组织和资源。业务连续管理关注的内容包括：如何确定关键业务面临的各种威胁？灾难恢复的业务需求是怎样的？如何制定基于业务的灾难恢复策略和恢复方案？事件发生后如何进行应急响应？如何判断是否需要启动灾难备份系统？如何进行恢复？如何进行危机公关和危机通信？如何演练灾难恢复预案？如何持续地维护业务连续管理体系？通过灾难恢复行业的近 30 年发展，行业标准组织制定了业务连续管理最佳实践的 10 个步骤，见图 1-6。

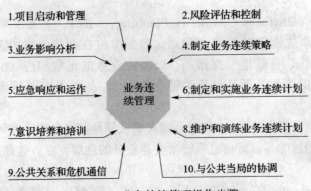

图 1-6　业务持续管理操作步骤

1.2.5　主中心与灾难备份中心

主中心也称主站点或生产中心，是指主系统所在的数据中心。

灾难备份中心也称备用站点。是指用于灾难发生后接替主系统进行数据处理和支持关键业务功能运作的场所，可提供灾难备份系统、备用的基础设施和专业技术支持及运行维护管理能力，此场所内或周边可提供备用的生活设施。

1.2.6　主系统与灾难备份系统

主系统也称生产系统，是指正常情况下支持组织日常运作的信息系统。包括主数据、主数据处理系统和主网络。

灾难备份系统，是指用于灾难恢复目的，由数据备份系统、备用数据处理系统和备用的网络系统组成的信息系统。

1.2.7　恢复时间目标与恢复点目标

恢复时间目标（Recovery Time Objective，RTO）是指灾难发生后，信息系统或业务功能从停顿到必须恢复的时间要求。

恢复点目标（Recovery Point Objective，RPO）是指灾难发生后，系统和数据必须恢复到的时间点要求。

当单位进行完风险分析和业务影响分析，了解单位所存在的各种风险及其程度，以及单位灾难恢复系统建设的需求、业务系统的应急需求和恢复先后顺序，完成了系统灾难恢复的各项指标。我们应当根据风险分析和业务影响分析的结论确定最终用户需求和灾难恢复目标，而灾难恢复时间范围是灾难恢复目标的重要组成部分。需要根据业务影响分析的结果，确定各系统的灾难恢复时间目标和恢复点目标。

1.3　信息安全与灾难恢复

同固定资产一样，信息也是一种重要的资产，对一个单位而言具有重大的价值，因而需要适当保护。信息安全使信息避免一系列威胁，保障业务持续运作，最大限度地减小损失，最大限度地获取投资回报。

在当今的数据和信息密集型经济中，信息系统在社会各行业部门的发展中扮演着越来越重要的角色，而行业关键信息将是最有价值的资产。因此，信息部门不仅必须应对业务信息的快速增长，还必须使这些信息便于使用并受到保护，建立相应的灾难恢复和业务连续性体系，以应对突然出现的灾难。信息安全工作是风险管理工作，包括预防、化解和控制风险。灾难恢复建设是现有信息系统信息安全保护的延伸，承载灾难恢复系统建设的灾难备份中心是保障信息安全的重要基础设施。灾难恢复是整个信息安全应急工作的一个重要环节，是信息安全综合保障的最后一道防线。

1.4　信息系统灾难恢复工作的意义

1.4.1　信息系统灾难恢复的必要性

随着网络技术和存储技术的发展以及 IT 设备的降价，客户机/服务器体系结构和浏览器/服务器体系结构的信息应用模式应运而生，形成计算机应用和数据存储分布式存在的局面，高速信息交换、大容量存储等困扰 IT 人员多年的问题基本得到了解决。同时，过于分布的应用和数据所导致的日益昂贵的维护和运营费用，已经给单位的发展带来了束缚。数据的分散存储不利于资源的共享，与之相伴的一个个存储和应用系统也成了孤岛，加大了管理难度，增加了成本。从中国工商银行 20 世纪 90 年代末的 9991 大集中工程开始，国内金融、电信、税务和海关等行业用户纷纷将数据进行整合，各地分公司的数据开始向总行或总部集中。于是，数据大集中已经成为当前信息化领域中的一个热门话题。

以银行为例，目前银行信息化发展正逐步由信息资源建设阶段向信息资源运用阶段演进，支持持续提升信息系统整体效能的各个组成部分，如信息资源安全、整合、开发、配置和管理等。数据大集中，有利于银行深化经营管理体制改革，增强风险防范能力，提高核心竞争力和创新能力，因此，数据集中是我国银行信息化最具代表性的发展趋势。从"十五"初期开始，我国银行普遍开始了数据大集中的规划与工程实施，各银行将原来分散在全国中心城市的小型数据处理中心，逐步集中到省级的处理中心以至全国性的大型数据处理中心，集中处理业务数据，数据大集中工程由此拉开序幕。

实施数据大集中，可以消除信息孤岛，实现资源共享，加强对分支机构的监管和经营风险的管控，提高单位的经营管理能力。数据集中工程是我国信息化发展的必然结果，同时，随着数据的集中，为业务信息系统的运行搭建了统一的数据平台，从而减少了数据维护的成本，提高了数据管理的效率，使业务得到了集中，技术风险的可控性提高，但风险的集中也随之而来。首先，数据量的激增对用户原有存储系统的容量提出了更高要求，容量的扩展势在必行；其次，数据如何在异构环境中实现更好的整合；再次，数据集中到一起，安全性问题变得更为重要，自然灾害、人为误操作都可能给数据中心带来致命打击，后果不堪设想，灾难备份与恢复工作必须提上议事日程。可以说，数据集中是一把双刃剑。

因此，数据大集中赋予了信息安全保障工作的新的特点和任务，实施数据集中必须充分考虑灾难恢复工作的开展。

随着单位的集团化、跨地域经营，构架于 IT 系统之上的统一管理、统一决策、统一运营成了必然趋势。IT 系统成为了单位的大脑和神经网络，数据中心成为了一个单位运营的关键，一旦出现数据丢失、网络中断、数据服务停止，将导致单位所有分支机构、网点和全部的业务处理停顿或造成客户数据的丢失，给单位带来的经济损失可能是无法挽回的。

这时，信息系统的安全问题自然成了重中之重，一个数据中心显然不能让用户放心，这就是为什么越来越多的大型用户开始着手建立同城或异地灾难备份中心的原因。灾难备份中心的建立，将为主数据中心提供一份"保险"，一旦主数据中心出现问题，灾难备份中心可以立即接管业务，并在主数据中心恢复后将业务切回，以保证业务的不中断，这对要求 7×24 小时不间断业务的用户来说是十分必要的。可见，信息安全是一个单位持续发展的重要保障，灾难备份与恢复因而成为单位最迫切需要解决的问题之一，是我们积极应对危机事件必要的技术和管理手段。

随着科学技术的迅猛发展和信息技术的广泛应用，我国政府及各行业对信息系统的依赖日益增强，尤其是银行、电力、铁路、民航、证券、保险、海关和税务等行业和部门的信息系统，以及电子政务系统已经成为国家的重要基础设施。重要信息系统的安全直接影响到国民经济的正常运行，直接关系到社会稳定和群众生活。而我国信息安全的防护能力较弱，安全保障水平不高，大部分单位还没有建立统一的灾难恢复和业务连续管理机制，信息安全和灾难恢复工作已刻不容缓。

1.4.2 信息系统灾难恢复的重要性

当前，信息系统灾难恢复工作已经引起了国家、社会、单位的高度重视。灾难恢复是单位保持业务连续运作的需要、长期可持续发展的要求，是单位加强风险管理、提高市场竞争力的重要手段，是行业监管的需要，同时也是保证国家安全、人民利益、社会稳定和经济发展的需要。

（1）保持业务连续运作的需要，长期可持续发展的要求

业务中断可能会摧垮一个单位，研究表明，未制定灾难恢复规划的单位比制定了规划的单位所冒的风险要高得多。以下是几组调查数据。

美国得克萨斯州大学的调查显示，只有 6%的公司可以在数据丢失后生存下来，43%的公司会彻底关门，51%的公司会在两年之内消失。

美国明尼苏达大学的研究也表明，在遭遇灾难的同时又没有灾难恢复计划的企业中，将有超过 60%的企业在两到三年后退出市场。而随着企业对数据处理依赖程度的递增，此比例还有上升的趋势。

国际调查机构 Gartner Group 的调查显示，在经历大型灾难而导致系统停运的公司中有 2/5 再也没有恢复运营，剩下的公司中也有 1/3 在两年内破产。

从灾难打击中迅速恢复的能力是战略经营计划中极为重要的环节。灾难恢复建设也是

国际先进企业业务策略中的关键环节之一，是保证业务持续稳定运行的基础。灾难恢复建设的实质就是为自己的核心业务运作购买一份保险，保险公司只能为您现有的资产提供保险，但是灾难恢复规划大大减轻了数据大集中后的风险，为单位的未来发展提供了有力的保障。

（2）加强风险管理，提高市场竞争力的重要手段

如何进一步地树立稳健、谨慎、成熟的单位形象，是一个非常重要的命题。一个成熟的负责任的单位不但应当考虑到未来的营利能力和营利手段，也应该考虑到未来面临的风险和如何降低这些风险。防范这些未来的风险就意味着对业务伙伴和服务受众的长期承诺。灾难备份及业务连续性的管理不仅是对单位业务数据和业务连续性的保护，也是对所有客户和合作伙伴的一种信心和信用的保证，是参与市场竞争的重要手段。这在国际上有很多先进的理念和经验可以借鉴。美国 2002 年 7 月发布了 Sarbanes-Oxley 法案，对所有在美国上市的公司提出了业务连续要求；而美国、英国、新加坡等国家和中国香港地区的金融监管机构对银行和证券等行业的灾难恢复和业务连续规划有明确的要求；随着世界性分工和供应链的形成，是否拥有灾难恢复和业务连续规划已经成为众多国家的政府机构与企业选择合作伙伴或供应商的一个必要条件，越来越体现出其重要性和迫切性。

（3）行业监管的需要

灾难对单位的不利影响进而会严重波及行业的发展和管理。灾难恢复及业务连续性的管理不仅是对单位业务数据的保护，对客户和合作伙伴的一种信心和信用的保证，更是行业监管的需要。为有效防范行业信息系统风险，保护行业客户的合法权益，行业监管部门需要规范和引导行业信息系统灾难恢复工作。

（4）保证国家安全、人民利益、社会稳定和经济发展的需要

国内外一系列事件表明，如果没有应对灾难的准备和一定的灾难恢复能力，重要信息系统一旦发生重大事故或者遭遇突发事件，必将严重影响国民经济的发展和社会的稳定。因此，重要信息系统的灾难恢复工作是保证国家安全、人民利益、社会稳定和经济发展的需要，国家也高度重视重要信息系统的灾难备份和灾难恢复工作，出台了许多有关政策、指南和标准。

第2章　信息系统灾难恢复相关标准法规

2.1　国外灾难恢复的标准法规

Strategic Research Corporation 发布的研究报告指出，各行业在遭受灾难打击造成服务中断时所造成的损失是十分巨大的：证券经纪行业每小时的平均损失为 650 万美元；信用卡授权每小时平均损失为 260 万美元；ATM 系统中断造成的每小时损失为 14500 美元；而各行业中断服务平均每小时损失为 84000 美元。正是看到了服务中断将对单位、客户、社会公众和股东利益带来的巨大损失，各行业主管部门制定了相应的监管措施来规范行业的灾难恢复工作。尤其是 9·11 事件发生后，各国监管部门纷纷对其行业的抵抗灾难打击和保证连续运作的能力进行了重新评估，制定了新的规范、指引和工作文件。

2.1.1　美国灾难恢复的标准法规

（1）金融行业的监管

美国对金融行业的监管主要由以下官方和非官方组织进行：

BOARD（Board of Governors of the Federal Reserve System，联邦储备委员会）；

OCC（Office of the Comptroller of the Currency，货币监理署（又称为财政部金融局））；

SEC（Securities and Exchange Commission，证券交易委员会）；

FFIEC（Federal Financial Institutions Examination Council，联邦金融机构检查委员会）；

NASD（National Association of Securities Dealer，全美证券交易商协会）。

早在 1983 年，OCC 就发布了指引，要求银行制定并维护灾难恢复预案。初期许多银行的数据保护措施仅仅是利用磁带对数据备份后进行异地存放；1989 年 FFIEC 要求银行对灾难恢复预案进行测试、维护和演习。美国通货控制委员会颁布条例，要求国家级的金融机构必须进行灾难恢复和业务连续性运作计划。

90 年代金融机构出现了兼并和收购风潮，通过合并，一间公司可以经营银行、证券等多种业务。Gramm-Leach-Bliley 法案允许了金融机构通过并购将原来分散经营的不同种类业务合并在一间公司进行，但对 IT 环境的安全提出了严格的要求。1996 年，FFIEC 颁布机构间策略，要求制定和维护银行机构商业数据和 IT 系统的保护计划，并且要求为这些银行提供服务的部门或公司也要有业务连续性运作计划；为了防止风险，FFIEC 在 1997 年突破性地规定金融机构的董事会和高层管理人员将直接对灾难恢复预案负责，2003 年 3 月经修订形成《联邦金融机构检查委员会业务连续计划手册》，为检查者在评估金融机构和服务提供者风险管理过程时，提供了指导和检查程序，从而确保能够获得紧急金融服务。

2001 年的 9·11 事件对美国造成了沉重的打击，同时也对监管部门提出了新形势下的监管要求。2002 年 8 月，NASD 颁布了《NASD Proposed Regulation》，该规范提出了 BCP 的八点最低要求。2003 年 5 月 28 日，美国金融监管三大机构 Board、SEC 和 OCC 在与业界进行了充分的调研、研讨和会议后联合发布了正式的《Interagency White Paper on Sound Practices to Strengthen the Resilience of the U.S. Financial System》。此白皮书的目的是为了增强金融机构的恢复能力并保障在遭到大范围灾难打击后的顺利运作。白皮书的使用范围是针对"核心的清算和结算组织"以及"在金融市场上扮演重要角色的金融机构"，同时也鼓励所有的银行组织和金融市场参与者按照白皮书的内容对自身进行评估和实施相关措施。

（2）其他行业的监管

美国卫生部(U.S. Department of Health and Human Services)在 1996 年对 1986 年制定的健康保险可行性和可信性法案(HIPAA)进行了修订，对数据的交换、记录的保存和保护病人的隐私做出了标准化的规定。HIPAA 将病人的数据作为一种资产并要求对其进行保护。医疗机构评审联合委员会(Joint Commission on Accreditation of Healthcare Organizations)在 1994 年对信息安全、备份及恢复计划等进行了规定。

美国一贯重视通过立法来界定政府机构在紧急情况下的职责和权限，理顺各方关系。据统计，美国先后制定了上百部专门针对自然灾害和其他紧急事件的法律法规，且经常根据情况变化进行修订。这些都为应急体系的制度化和规范化奠定了重要基础。

1993 年，美国联邦政府发布了国家自动化信息资源安全条例，要求所有的政府部门对多方面系统和信息进行灾难恢复和业务连续性准备；1994 年联邦政府又发布了联邦响应计划指导（FRPG 01—1994），明确了灾难恢复和业务连续计划的责任和目标。联邦政府在联邦准备性文件《Federal Preparedness Circular (FPC) 65》中对联邦机构的应急处理能力做出了详细指引，要求所涉及的机构在启动应急计划 12 小时内恢复运作，并必须保持运行 30 天以上的能力。根据联邦应急管理和连续性计划指引和实践，政府机构必须制定 Continuity of Operations (COO)和 Continuity of Government (COG) 计划。COO 可以被视为全面整体紧急管理程序中的一部分，主要集中在关键性设施的保护、业务连续运作和 IT 等系统的灾难恢复，作为支持政府功能连续运作的基础。COG 着眼的是政府在管制和行使权力上的持续和备份，主要目的是保证政府在灾难打击过后关键权力功能如指定的官员和分支机构可以恢复运作。

FEMA（The Federal Emergency Management Agency，联邦紧急事务管理局），成立于 1979 年 4 月，是一个直接向总统报告的专门应对各类灾害或突发事件，保护关键基础设施、公众生命和财产安全的政府机构，总部位于华盛顿，在全美设有 10 个区域性机构。FEMA 的工作主要是负责联邦政府对大型灾害的预防、监测、响应、救援和恢复工作，与美国的其他 27 个政府机构、州和地方应急机构以及红十字会联合制定了全国性的灾害应急计划。FEMA 的职能现由美国国土安全部负责。发布的主要文件有：

《地方政府能力和灾害识别流程》；

《联邦紧急事务管理局信息技术框架》;

《工商业灾难恢复规划指南》;

《工商业应急管理指南:各种规模的公司的应急规划、响应和恢复的按部就班的方法》;

《演习设计课程:应急管理演习指南》;

《联邦响应计划》。

2.1.2 英国灾难恢复的标准法规

英国对金融行业的监管部门有 FSA(Financial Services Authority)、英格兰银行和英国财政部。其中,FSA 行使对金融机构的监管和检察职能。

FSA 于 2002 年对全国 40 余个主要的金融机构的灾难备份情况进行了调查,并认为它们在防范 9·11 类型灾难或者区域性灾难的能力方面有了显著的提高。FSA 执行董事 Michael Foot 强调,业务连续管理是组织高层主管的责任,FSA 要求关键机构的 CEO 级别主管向 FSA 报告其业务连续管理措施。

FSA 发布的相关文献主要有:

● 《The Financial Services Authority Incident management: A generic guide》,概括了金融服务管理局制定业务连续管理计划的方法,确定了金融服务管理局处理事故时采用的框架。

● 《Senior Management Arrangements, Systems and Controls》,FSA 在其对金融机构的监督和检查手册中,对金融机构的业务连续性做出了规定:一个公司应该事先有合理的安排,充分考虑到业务的性质、规模和复杂程度,确保在发生不可预测的中断事件的情况下,能够继续运作并符合相关法规,这些安排应该定期更新和检测,以保证它们的有效性。

● 《CP142: Operational Risk Systems and Controls》,FSA 在 2002 年 7 月 30 日发布了关于运行风险系统和控制的咨询文件,这个咨询文件中包含了关于业务连续管理的内容。

2.1.3 新加坡灾难恢复的标准法规

新加坡金融管理局(Monetary Authority of Singapore,MAS)于 2001 年 7 月在《Internet Banking Technology Risk Management Guidelines》中对使用在线交易的银行做出了业务连续性的规定。

9·11 事件后,新加坡金融管理局对新加坡金融机构在灾难恢复方面的要求制定了新的指引,于 2003 年 1 月 10 日发布了《Consultation Paper on Guidelines on Business Continuity Planning》,并向各相关机构征询意见,2003 年 2 月 10 日完成了意见的搜集,2003 年 7 月发布了正式的《Business Continuity Management Guideline》。在该指引中,金融管理局将一部分金融机构定义为极为重要机构,认为这些机构是金融产业的依靠,他们不能从经营中断中恢复可能会导致系统风险的放大。

金融管理局在业务连续管理指引中提出了以下 7 项原则:

①董事局和高层管理人员应直接负责机构的业务连续管理;

②机构应将业务连续管理及措施作为日常运营的一部分;

③机构应定期地、完整地和有效地测试它们的业务连续计划；

④对关键业务功能应确定灾难备份策略和灾难恢复时间目标；

⑤机构应明确并有效地减少关键业务功能相互关联的风险；

⑥机构应考虑对大规模灾难的备份；

⑦机构对关键业务功能应考虑分散策略以减少集中风险。

2005 年，新加坡信息技术标准委员会出台了业务连续性/灾难恢复(BC/DR)服务提供商评定标准 SS 507，这个标准用于认证和区分 BC/DR 服务提供商，帮助终端用户选择最适合的服务提供商以降低外包风险，同时也促进 BC/DR 服务提供商不断提高服务水平以保持竞争优势。

2.1.4　澳大利亚灾难恢复的标准法规

2004 年，澳大利亚金融管理委员会发布了针对信贷行业和保险行业的灾难恢复和业务连续管理标准草案，要求这两个行业内的公司必须有能力预见、评估和管理在灾难或突发事件发生后可能产生的业务连续性运作危机。

澳大利亚国家审计局（ANAO）是一个专业性公共部门，为国会和联邦公共部门机构以及法定实体提供审计服务。

ANAO 关于业务连续性和灾难恢复的文献主要有：

《Business Continuity Management，2000 Better Practice》，该惯例主要运用于风险管理框架下的业务连续管理，帮助组织制定综合性业务连续计划；

《Business Continuity Management Follow-on Audit》，Audit Report No.53 2002-03，Business Support Process Audit；

《Accountability and governance》栏目中的《Business Continuity Management - keeping the Wheels in Motion》，2000 年 1 月 17 日出版；

《Business Continuity Management and Emergency Management in Centrelink》，Centrelink 是一个为澳大利亚社区提供一系列联邦服务的政府机构；

《Australian Standard AZ/NZS 4360—1999》(风险管理标准)。

2.2　国内灾难恢复的标准法规

2.2.1　国家出台的相关政策

2003 年以来，党中央和国务院有关部门陆续下发了《国家信息化领导小组关于加强信息安全保障工作的意见》、《关于做好重要信息系统灾难备份工作的通知》、《国家信息安全战略报告》、《国家信息安全"十一五"规划》等政策性、指导性文件，对我国灾难恢复工作和国家灾难恢复体系建设，制定了基本目标、任务和原则，其政策精神主要包括以下几点。

①确定了建设国家灾难恢复体系这一总体目标，并将国家灾难恢复体系的地位和作用，

提高到国家信息安全保障体系的重要组成部分这一战略高度。

②基于灾难恢复的战略作用和当前的具体形势，确定了我国银行、保险、证券、税务、海关、民航、铁路和电力等八个重点行业，以及电信网、广电传输网和互联网三个基础信息网络，必须建立相应的灾难恢复系统。

③针对灾难恢复工作与建设，确定了"谁主管，谁负责；谁运行，谁负责"的方针和"统筹规划、资源共享、平战结合"的原则。

④针对灾难恢复服务的社会化、专业化发展，提出了鼓励社会力量参与灾难恢复设施建设和提供专业服务，促进自主可控的技术产品产业化发展的政策导向，特别是在自建、共建和外包三种模式中，在确保安全的前提下，大力提倡灾难恢复服务外包的模式。

此外，我国政府十分重视标准在信息系统灾难恢复建设中的规范性和指导性作用。国务院信息化工作办公室于 2005 年 4 月份下发了《重要信息系统灾难恢复指南》(国信办[2005]8号文件)，明确了灾难恢复工作的流程、灾难恢复能力的等级划分及灾难恢复预案的制定。2007年 6 月，国家质量监督检验检疫总局以国家标准的形式正式发布了《信息安全技术　信息系统灾难恢复规范》（GB/T 20988—2007），该标准于 2007 年 11 月正式实施。

2.2.2　重点行业的相关政策

中央有关政策出台后，部分地方政府和重点行业主管部门也陆续制定了结合各自特点的相关政策，进一步细化和推动了中央关于灾难恢复政策的实施。

（1）银行业灾难恢复相关政策

2002 年 8 月，中国人民银行下发了《中国人民银行关于加强银行数据集中安全工作的指导意见》（银发[2002]260 号文件），明确要求："实施数据集中的银行必须建立相应的灾难备份中心，制定业务连续计划，保障业务连续性及有效性。"

2006 年 4 月，中国人民银行在《关于进一步加强银行业金融机构信息安全保障工作的指导意见》（银发[2006]123 号文件）中进一步要求："综合考虑平衡风险与成本、运维管理与灾难恢复力量等因素，可采用自建、联合共建或利用外部企业（组织）的灾难备份设施等方式。全国性大型银行，原则上应同时采用同城和异地灾难备份和恢复策略。"

2006 年 8 月，中国银行业监督管理委员会在《关于印发"银行业金融机构信息系统风险管理指引"的通知》(银监发[2006]63 号文件)中指出："银行业金融机构应制定信息系统应急预案，并定期演练、评审和修订。省域以下数据中心至少实现数据备份异地保存，省域数据中心至少实现异地数据实时备份，全国性数据中心实现异地灾难备份。"

2008 年 2 月，中国人民银行出台行业标准《银行业信息系统灾难恢复管理规范》，它将信息系统按时间敏感性分成三类需求等级，确定了每类信息系统灾难恢复的最低要求。

（2）保险业灾难恢复相关政策

2004 年 6 月，中国保险监督管理委员会在《加强保险信息安全保障工作的意见》（保监发[2004]62 号文件）规定："保险系统各单位必须建立健全应急机制，制定应急预案。按照统筹规划、平战结合的原则，建设重要信息系统的灾难备份系统。应急预案和灾难备份系统要定期演练，并不断加以完善。"

2004 年 10 月，中国保险监督管理委员会在《关于做好保险业信息系统灾难备份工作的通知》（保监发[2004]127 号文件）中提出了保险业信息系统灾难备份工作的主要目标和原则，提倡使用社会化灾难恢复服务，走专业化服务道路。

2006 年底，中国保险监督管理委员会起草了《保险业信息系统灾难恢复暂行管理办法》，进一步明确灾难恢复工作的各项具体要求。据悉，为加强和规范保险业的灾难恢复建设，中国保险业监督管理委员会在 2008 年即将出台行业指引《保险业信息系统灾难恢复管理指引》。

（3）证券业灾难恢复相关政策

2004 年 4 月，中国证券监督管理委员会下发了《关于进一步做好证券期货业信息安全保障工作的意见》中提出：制定行业级的业务连续性计划和灾难恢复计划，全面提高证券期货业信息安全保障和灾难恢复能力。

2005 年 4 月，中国证券监督管理委员会下发了《关于印发〈证券期货业信息安全保障管理暂行办法〉的通知》，在该管理办法中指出：定期进行灾难恢复的演练和测试，确保灾难发生或能够充分发挥备份的效能，降低造成的影响和损失。

中国证券监督管理委员会成立了证券期货业信息安全保障协调小组，负责行业信息安全保障政策、方案的制定。2006 年，证监会组织起草了《证券期货业信息系统备份工作指引》，已基本定稿，正在行业内征求意见。

2.2.3　地方政府的相关政策

北京市于 2005 年下发了 163 号政府令，要求市信息化主管部门会同有关部门统一规划和组织建设本市网络与信息系统灾难备份基础设施；2006 年，北京市下发了《关于加强我市电子政务信息系统灾难恢复工作的意见》，制定了《北京市信息系统灾难恢复体系规划》。上海市已制定了《上海市电子政务灾难备份建设规划》，正在对《上海市重要信息系统灾难备份技术管理规范》进行完善。据了解，深圳、杭州、厦门、成都和太原等城市，也制定了相关文件和规划，要求统一建设本地的电子政务灾难恢复平台。

2.3　信息安全相关标准法规

信息系统的灾难恢复关注的是在意外事件或灾难性事件发生后信息系统的服务支持能力的恢复。信息系统的灾难恢复管理作为信息系统服务管理的一部分已经被很多的信息系统管理体系和标准、规范纳入了自己的管理范围。

目前，IT 管理体系主要有 BS7799、ITIL、COBIT 和 CMM 等。采用标准的 IT 管理架构可以给单位带来诸多收益。如美国 Proctor&Gamble 在采用 ITIL 标准的 4 年里，节省超过 5 亿美元的预算，其运作费用降低 6%～8%，而技术人员的人数减少 15%～20%。在本节中将重点就业务连续管理方面的内容，简单介绍一下 BS7799、ITIL 与 COBIT 等管理体系。

2.3.1 ISO 27001 对业务连续性和灾难恢复管理的要求

ISO 27001 是国际信息安全领域的重要标准，它来源于英国标准协会（British Standards Institute, BSI）于 1995 年 2 月制定的信息安全管理标准——BS 7799。BS 7799 分两个部分，第一部分于 2000 年被 ISO 组织采纳，正式成为 ISO/IEC 17799 标准。该标准于 2005 年经过最新改版，发展成为 ISO/IEC 17799：2005 标准。BS 7799 标准的第二部分经过长时间讨论修订，也于 2005 年成为正式的 ISO 标准，即 ISO/IEC 27001：2005。

ISO 27001：2005 标准，是建立信息安全管理体系（ISMS）的一套规范（Specification for Information Security Management Systems），其中详细说明了建立、实施和维护信息安全管理体系的要求，指出实施机构应该遵循的风险评估标准。作为一套管理标准，ISO 27001 指导相关人员怎样去应用 ISO/IEC 17799，其最终目的，在于帮助企业建立适合自身需要的信息安全管理体系。

该标准由范围、规范性引用文件、术语和定义、信息安全管理体系、管理职责、内部 ISMS 审核、ISMS 管理评审及 ISMS 改进等八大部分组成，为组织建立 ISMS 提出了具体要求，也是组织获得第三方认证所应遵循的国际标准。该标准有一个附录 A，其控制措施与 ISO/IEC 17799：2005 结构相同。

ISO 27001 在业务连续管理要求方面，明确提出：业务连续管理的目标是防止业务活动中断，保护关键业务过程免受信息系统重大失误或灾难的影响，并确保它们的及时恢复。业务连续管理应包括识别和减少风险的控制措施，以限制破坏性事故的后果，并确保业务过程需要的信息便于使用，主要内容如下。

（1）业务连续管理过程中包含信息安全

应在组织内开发并保持业务连续性管理过程，该过程阐明了组织的业务连续性对信息安全的要求。

（2）业务连续性和风险评估

应识别能引起业务过程中断的事件，这种中断发生的概率和影响，以及它们对信息安全所造成的后果。

（3）制定和实施信息安全的连续性计划

应制定和实施计划来保持或恢复运行，以在关键业务过程中断或失败后能够在要求的水平和时间内确保信息的可用性。

（4）业务连续计划框架

应保持一个唯一的业务连续计划框架，以确保所有计划是一致的，能够协调地解决信息安全要求，并为测试和维护确定优先级。

2.3.2 ISO 20000 对 IT 服务管理的要求

ISO 20000 由国际标准化组织（ISO）和国际电工委员会（IEC）共同发布的。2005 年 12 月，BSI 的 IT 服务管理标准 BS 15000-1：2002 和 BS 15000-2：2003，正式发布成为 ISO 国际标准：ISO 20000-1：2005 和 ISO 20000-2：2005。IT 服务管理领域第一个国际标准诞生

了。从 BS 15000 到 ISO 20000，从一个国家标准成长为一个国际标准，IT 服务管理的质量标准将在更大的范围内得到推广和实施，将对企业的 IT 服务和业务流程产生更深远的影响。

ISO/IEC 20000：2005 "信息技术 – 服务管理" 包括两部分内容，这些内容将为服务提供者了解如何提高交付给其客户的服务质量提供帮助。第一部分：管理规范（Specification）——IT 服务管理标准，对 IT 服务管理提出要求，并且与那些负责初始化、实施或维持 IT 服务管理的人员相关。第二部分：实施准则（Code of Practice）——实践指导，为审计人员提供行业一致认同的指南，并且为服务提供者实施服务改进计划或通过 ISO/IEC 20000-1：2005 审核提供指导。 ISO/IEC 20000 整合了 ISO 管理体系标准基于流程导向的方法（PDCA），如 ISO 9001：2000 和 ISO 14001：2004 等，包括规划（Plan）—执行（Do）—检查（Check）—行动（Act）的循环和持续改善方法论。

由于组织对服务支持的日益依赖，以及技术多样性的现状，服务提供方有可能通过努力保持客户服务的高水准。服务供应方往往被动工作，很少花时间规划、培训、检查、调查并与客户一同工作，其结果必然导致失败。其失败就源于没有采用系统、主动的工作方式。服务供应商也常常被要求提高服务质量，降低成本、采用更大灵活性和更快反应速度。有效的服务管理能提供高水准的客户服务和较高的客户满意度。

ISO/IEC 20000 系列对流程的最佳实践进行了总结，可适用于不同规模、类型和结构的组织。ISO/IEC 20000 系列适用于大型或小型组织，服务管理流程最佳实践要求并不会因为组织形式不同而被改变。ISO/IEC 20000-2 描述了 IT 服务管理流程质量标准。这些服务管理流程为组织在一定环境中开展业务提供了最佳实践指南，包括提供专业服务、降低成本、调查和控制风险。

在同一流程中，在流程之间和工作团队之间使用各种术语往往会让一个刚接触服务管理的管理者不知所措。对术语的一知半解会阻碍建立有效的组织流程。因此了解 ISO/IEC 20000 术语非常重要。ISO/IEC 20000-2 推荐服务管理者采用一致的术语和统一的方法进行服务管理，这可以为改进服务交付基础，并有助于服务提供者建立一个服务管理框架。ISO/IEC 20000-2 为审计人员提供指南，并可为组织规划服务的改进提供帮助。

2.3.3　COBIT 对业务连续性和灾难恢复管理的要求

COBIT（Control Objectives for Information and Related Technology），译为信息及相关技术的控制目标，20 世纪 90 年代早期由 IT 治理协会提出， COBIT 目前已成为国际上公认的最先进的安全与信息技术管理和控制的标准，以辅助管理层进行 IT 治理。该标准体系已在世界 100 多个国家的重要组织与企业中运用，指导这些组织有效地利用信息资源，有效地管理与信息相关的风险。

COBIT 指出了单位对信息标准的要求（效果、效率、机密性、完整性、可用性、符合性和可靠性）和 IT 资源（应用、信息、基础架构和人员）上的需求是如何紧密地融入各个控制目标中。COBIT 模型如图 2–1 所示。

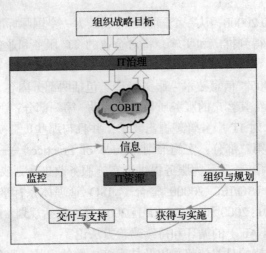

图 2-1　COBIT 模型图

COBIT 架构的主要目的是为业界提供关于 IT 控制的清晰策略和良好典范。该架构的 4 个域分别是：组织与规划（Planning & Organization，PO）、获得与实施（Acquisition & Implementation，AI）、交付与支持（Delivery & Support，DS）和监控（Monitoring，M），并在此基础上进一步细分为 34 个 IT 处理流程，如表 2-1 所示。

表 2-1　COBIT 的域

1. 规划与组织 （Planning and Organization，PO）		3. 交付与支持 （Delivery and Support，DS）	
PO1	制定 IT 战略规划	DS1	定义并管理服务水平
PO2	确定信息体系结构	DS2	管理第三方的服务
PO3	确定技术方向	DS3	管理绩效与容量
PO4	定义 IT 组织与关系	DS4	确保服务的连续性
PO5	管理 IT 投资	DS5	确保系统安全
PO6	传达管理目标和方向	DS6	确定并分配成本
PO7	人力资源管理	DS7	教育并培训客户
PO8	确保与外部需求一致	DS8	为客户提供帮助和建议
PO9	风险评估	DS9	配置管理
PO10	项目管理	DS10	处理问题和突发事件
PO11	质量管理	DS11	数据管理
		DS12	设施管理
		DS13	运营管理
2. 获得与实施 （Acquisition and Implementation，AI）		4. 监控 （Monitoring，M）	
AI1	确定自动化的解决方案		
AI2	获取并维护应用程序软件	M1	过程监控
AI3	获取并维护技术基础设施	M2	评价内部控制的适当性
AI4	程序开发与维护	M3	获取独立保证 M4 提供独立的审计
AI5	系统安装与鉴定		
AI6	变更管理		

COBIT 基于已有的许多架构,如 SEI 的能力成熟度模型(CMM)对软件企业成熟度 5 级的划分,以及 ISO 9000 等标准,COBIT 在总结这些标准的基础上重点关注需要什么,而不是需要如何做,它不包括具体的实施指南和实施步骤,它是一个控制架构(Control Framework)而非具体如何做的过程架构(Process Framework)。

在 COBIT34 个 IT 处理流程中,有一个专门的流程 DS4"保证服务的连续性"对业务连续管理提出了要求与相应的控制措施。

(1)在保证服务的连续性方面的高阶控制目标

DS4"保证服务的连续性"认为,若要使组织能提供业务所需要的连续性服务,使 IT 系统中断对业务所带来的负面影响最小化,组织应该进行包括开发、维护与测试 IT 连续性计划、异地备份存储与定期的连续性计划培训等在内的一系列工作。而且上述工作是可以被量化衡量的,具体指标包括:

- 由于非计划停机而造成的损失/月、用户;
- 没有 IT 连续性计划保护的核心业务流程的数量。

(2)在保证服务的连续性方面的具体控制目标

- DS4.1　IT 连续性框架;
- DS4.2　IT 连续性计划;
- DS4.3　关键性的 IT 资源;
- DS4.4　IT 连续性计划的维护;
- DS4.5　IT 连续性计划的测试;
- DS4.6　IT 连续性计划的培训;
- DS4.7　IT 连续性计划的分发;
- DS4.8　IT 服务的恢复与重续;
- DS4.9　异地备份存储;
- DS4.10　恢复后的评估。

(3)在保证服务的连续性方面的管理指导

COBIT 对保证服务连续性方面的管理输入、管理输出、角色职责、目标与考评方面提出了具体的要求。

(4)在保证服务的连续性方面的成熟度模型

COBIT 还对组织在保证服务连续性的成熟度方面提出了具体的六级评估标准。

第二部分
信息系统灾难恢复规划和实施

本部分包含以下章节：
第3章　灾难恢复的组织管理
第4章　灾难恢复的建设
第5章　灾难恢复需求的确定
第6章　灾难恢复策略的制定
第7章　灾难备份中心的选择和建设
第8章　灾难备份系统技术方案的实现
第9章　专业技术支持和运行维护管理能力的实现
第10章　灾难恢复预案的实现

第3章 灾难恢复的组织管理

3.1 灾难恢复的组织机构

即使单位具有良好的安全系统，信息安全风险依然存在，意外事件通常是不可避免的。当事故或灾难发生时，有关人员要准备好第一时间做出响应。灾难恢复组织机构是对灾难事件做出相应反应的核心力量。

灾难恢复的组织机构由管理、业务、技术和行政后勤等人员组成，分为灾难恢复领导小组、灾难恢复规划实施组和灾难恢复日常运行组，这三个组的主要工作职责见附录1。

灾难恢复的组织机构应强调信息畅通，协调合作，高效决策，有效执行。

在灾难恢复组织机构的框架内，信息畅通是第一要务，在灾难发生时，迅速可靠地将必要的信息通知相关人员，进行人员的召集和决策，是灾难恢复机构的首要任务。

灾难恢复机构强调的协调合作包含了内部协作和外部协作。在灾难发生后，信息系统的灾难恢复除了各技术恢复小组的通力合作外，还必须与后勤保障、环境安全、财务、法律、保险等各个部门协调，共同完成信息系统灾难恢复的工作。同时，信息系统的灾难恢复工作可能还需要外部力量的协助，例如，设备厂商、开发厂商的技术支持人员、执法机构、救护机构、电力保障和媒体等外部力量的协调。这些部门机构的协作和协调也是顺利高效完成灾难恢复工作必不可少的，必须有专门的人员和组织体系去实现。

在灾难发生时，平时的决策体系将很难发挥应有的作用，应当根据需要设置扁平化的、有专家参与的决策支持体系。决策人员应当被授予较高的权限，包括人员物资调用和财务支出的权限等，以保证决策的高效性，因为在面临灾难时短短几分钟的拖延都可能造成致命的后果。

任何决策都必须在得到执行后才能够产生应有的效果，除了平时在制度和训练上进行提高外，还应该在组织机构上进行关注。在灾难发生时，任何人都可能因为任何的原因不能及时出现，对于关键的岗位和职位都应该设置替代人员。

灾难恢复机构中除了提供灾难发生时必需的组织机构外，还应该包括灾难恢复日常管理人员，以提供灾难恢复工作培训和认证、灾难恢复策略咨询服务、灾难恢复建设支持、灾难恢复系统运营维护服务支持、灾难应急响应和灾难恢复工作支持等。可聘请外部机构协助或参与灾难恢复规划实施工作，也可委托外部机构承担灾难恢复的部分或全部工作。

预先确定了灾难恢复组织机构，有了灾难恢复计划，更重要的一点是确保在灾难发生时，这个组织机构的成员可以迅速地召集在一起，机构成员对各自的角色都应非常清楚。当然，由于大多数的灾难都是意外发生的，根据灾难发生的情况，机构的成员可能不易于集中，也可能已经分散，这时可利用当时该灾难恢复组织机构中可联系到的人员组成一个响应小组。

灾难恢复的组织机构可以是常设机构，也可根据灾难恢复规划的要求临时设立。机构中的工作岗位可以是专职岗位，也可以是兼职岗位。灾难恢复组织机构的具体情况需要在灾难恢复预案中准确说明。

3.2 灾难恢复的外部协助

任何单位都不是独立于社会之外而存在，在遭受灾难袭击时及时获得外部的理解和援助，加强对外合作和沟通可以尽量减少或避免灾难事件带来的负面影响和损失。灾难恢复的外部协助可能涉及如下内容。

（1）同业机构间合作

灾难恢复机构应加强与业务密切相关的同业机构的协调联系，相互合作，分享经验，共同评估可能面临的风险因素，共同制定灾难恢复策略，提高行业整体风险防范和灾难恢复能力。

（2）厂商与客户合作

单位应与设备及服务提供商、通信和电力部门等保持联络和协作，以确保在灾难发生时能及时通报准确情况并获得适当支持，确保灾难恢复的顺利进行。

（3）主管机构协调

识别支持灾难恢复和业务连续性的机构并与之进行协调，识别和建立与紧急事件管理机构的联络方式，应与相关管理部门保持联络和良好关系，以确保在灾难发生时能及时通报准确情况并获得适当支持。

（4）新闻媒体交流

制定、协调、评价和演练在危机情况下与媒体交流的计划，以确保在灾难发生时能及时通报准确情况。

第4章 灾难恢复的建设

4.1 灾难恢复建设的内容及流程

灾难恢复建设的内容主要包括以下几点。

①灾难恢复需求的确定。通过风险分析及业务影响分析等手段对单位的风险和业务进行分析，确定灾难恢复的目标。

②灾难恢复策略的制定。根据灾难恢复需求、技术手段的可行性、资源获取方式和预算费用情况确定灾难恢复策略和方案。

③灾难备份系统实施。根据既定的策略和方案建设灾难备份基础设施、灾难备份系统、灾难恢复预案及管理制度。

④灾难恢复预案及管理制度的演练和有效性评估。

⑤灾难恢复的持续维护。包括灾难备份中心的运行管理和对灾难恢复预案的维护、审核和更新。

灾难恢复建设流程如图 4-1 所示。对于灾难恢复建设的细节描述将在本书随后的章节中展开讨论。

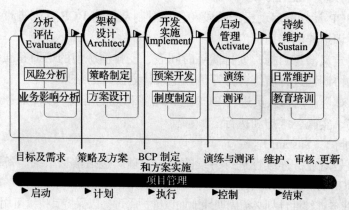

图 4-1 灾难恢复建设流程图

灾难恢复建设是一个循环往复的流程，分为 5 个阶段，采用科学的方法与人员、过程、信息、软件和基础建设相融合，以下分别对 5 个阶段的工作内容和实现目标进行描述。

（1）分析评估（Evaluate）

分析评估阶段主要是确定灾难恢复及业务连续性的需求。主要包括风险评估和业务影响分析。

风险评估是认识并分析各种潜在危险，确定可能造成公司及其设施中断的灾难、事件可能造成的损失。

业务影响分析是确定由于中断和预期灾难可能对机构造成的影响，以及用来定量和定性分析这种影响的技术。确定关键功能、其恢复优先顺序和相关性以便确定恢复时间目标。

（2）构架设计（Architect）

在明确了灾难恢复和业务连续性的需求后，架构设计阶段主要是确定业务连续性策略，包括对确定业务连续性规划的范围（时间目标、人员组织等），并根据业务影响分析的结果评估可选的策略，选择备份中心以及与第三方的合作等，同时业务连续性策略需要考虑成本效益分析并获得高级管理层的承诺认可。

确定了策略之后，进行灾难恢复 IT 解决方案的设计，选择符合恢复时间目标的技术和产品，方案应涵盖数据、通信网络及处理能力等各方面内容。

（3）开发实施（Implement）

本阶段主要是根据对 IT 解决方案进行实施，准备具体的实施计划，包括对技术方案的测试验证，备份中心的准备，以及备份系统的安装联调等。

除了 IT 解决方案的实施之外，还需要制定相应的业务连续性计划。业务连续性计划(Business Continuity Plan，BCP)，即指一套计划文档，当事故发生造成业务中断时，可以迅速采取措施，尽量减少企业的业务损失，确保关键业务系统持续进行的执行计划和文档。

业务连续性计划中必须包括在恢复中所涉及的软硬件、网络等部件和业务操作处理文档，还要记录团队中每个人的职责范围等。在制定计划前，要对公司中所有关键业务都进行文档整理，了解关键业务如何执行，以便在灾难场景下能采取合适的措施维持业务运行。

（4）启动管理（Activate）

本阶段是 BCP 计划的启动投产阶段。包括对制定好的 BCP 计划进行测试演练，并在企业内部进行意识培养和培训推广。

演练前需要定义演练目标，安排演练时间表，安排演练前的培训和准备工作，对预先计划和计划间的协调性进行演练，并评估和记录计划演练的结果。

同时，需要对企业内部人员进行 BCP 意识培养和技能培训，以便业务连续性规划能够得到顺利的制定、实施、维护和执行。

（5）持续维护（Sustain）

本阶段主要是对业务连续性进行持续的维护管理。包括信息系统、备份中心的运营维护管理，及对 BCP 计划的定期审核更新和定期的测试演练等。

一套完善的业务连续性计划必须周期性地加以维护管理，以保持其持续可用。其中包括对 IT 备份系统和备份中心进行持续不断的维护管理，以确保灾难恢复功能的及时性和有效性。

BCP 计划需要建立定期评估审核制度，一旦有新的系统、新的业务流程或者新的商业行动计划加入企业的生产系统，引起企业整体系统发生变化时，就更应该强制启动这种检查程序。

最后，所有的计划和维护管理流程，需要通过持续不断的测试和演练，来使企业所有人员熟悉，保障其可用性和可操作性。

4.2 灾难恢复建设的基本原则

灾难恢复建设必须坚持统筹规划、资源共享、分级管理和平战结合的原则。要充分调动和发挥各方面的积极性，全面提高抵御灾难打击的能力和灾难恢复的能力。

（1）统筹规划原则

要从实际出发，组织有关机构和专家针对信息系统安全威胁和防护措施的有效性等进行评估。要统筹考虑，合理布局，通过科学的引导和调控，形成发展有序的灾难恢复体系格局。

（2）资源共享原则

灾难恢复建设要充分利用现有资源，讲求实效，保证重点，提倡资源共享，互为备份。在保障主要信息系统安全的前提下，考虑灾难恢复基础设施和其他资源的充分共享，防止重复建设，避免资源浪费。

（3）分级管理原则

根据信息系统的重要性，面临的风险大小，业务中断所带来的损失等因素综合平衡安全成本和风险，确定灾难恢复建设的等级，选择合适的灾难备份方案，防止"过保护"和"欠保护"现象的发生。

（4）平战结合的原则

灾难恢复资源是为"小概率、高风险"事件准备的，平时多处于闲置状态，因此，在不影响灾难备份和恢复功能的前提下，一方面，加强灾难恢复"平时"的应急演练，确保战时应急恢复的系统效能；另一方面，充分利用灾难恢复的各类资源，将日常运营和应急灾难恢复需求结合起来，综合安排，发挥更大的效益。

4.3 灾难恢复建设的模式

灾难恢复作为信息系统安全保障体系的一道防线，越来越体现出其重要性和迫切性。采用何种建设模式，低成本、快速进行灾难恢复建设是单位必须面对的课题。

4.3.1 灾难恢复建设模式的比较

灾难恢复建设是一项周密的系统工程，涉及到灾难备份中心选址、基础设施建设、运营管理和专业队伍建设、灾难恢复预案等一系列工作，不仅需要投入大量人力、物力和财力，而且需要考虑灾难恢复系统实施所面临的技术难度和经验不足所带来的风险，还需要考虑今后长期运营管理方面的资金投入。

根据灾难恢复建设的模式分类，目前主要有 3 种模式：自建、共建和外包。

①自建是指单位自己拥有并操作灾难恢复设施，有自己的灾难恢复运营和管理团队。

②共建是指多个单位共同出资建设灾难备份中心，在这些单位内部互相提供灾难备份服务。

③外包是指单位选择外部专业技术与服务资源，以替代内部资源来承担灾难恢复系统的规划、建设、运营、管理和维护，如租用灾难备份场地和设备，将灾难备份运营维护交于灾难恢复服务商、服务商协助应急恢复等形式。

从国际上看，特别是美国，灾难恢复行业已经比较成熟，外包是灾难备份中心建设的主要方式。调查显示，使用灾难备份外包服务的比例达到了 71%，这其中也包括美国国防部的灾难恢复系统和澳大利亚政府的电子政务系统等。而我国的灾难备份中心建设还处于起步阶段，目前自建是主要的方式，同时也有一部分外包。

灾难恢复建设投资巨大，并且使用概率较低，因此，需要对灾难恢复建设的总体投入成本（TCO）和投资回报率（ROI）进行认真分析和计算，从而确定灾难恢复资源的获取方式。下面通过对国外灾难恢复行业的研究，并结合中国国情，对灾难恢复建设的不同模式进行一些简要的分析。

4.3.1.1 自建模式的优点和所面临的困难及风险分析

自建灾难恢复系统，需要由单位自己投入资金、人力和物力进行灾难备份中心建设。

自建模式在数据安全与保密、数据中心资源控制与使用、灾难恢复策略调整，灾难恢复演练的灵活性、灾难恢复系统的运维管理、灾难恢复的保障和风险控制等方面有一定优势，常被一些资金和技术实力雄厚的单位所选用。但对一些中小机构来讲，自行建设和运营灾难恢复系统将会面临以下几个方面的问题和风险。

（1）一次性投资巨大

灾难恢复系统的资金投入涉及备份数据中心的建筑工程、机房配套工程、IT 系统投入、通信网络设备等，这是一笔巨大的投入，且这是为小概率事件准备的，平时都是处于闲置状态，导致总体投入成本（TCO）和投资回报率（ROI）不对称，也不能对单位的信息化建设产生直接的推动作用。

（2）年运营成本高

灾难恢复系统每年的运营费用主要包含：房屋和设备的维护、折旧费，人员的工资、福利，电费，水费和通信费等，这些费用加起来，每年总成本是一个非常大的数字。

（3）专业技术及实施难度大

灾难恢复建设不仅涉及备份数据中心基础建设、IT 系统建设等多方面工作，还牵涉到与当地政府、电力和电信部门的合作关系，涉及的面非常广，其具体的组织和实施有一定的难度；同时，灾难恢复系统的规划、设计、实施和管理，需要精深的专业技术和完善的方法论支持，否则，将会有很大的难度和风险。

（4）资源利用率低

灾难恢复资源为小概率事件准备的，资源利用率低的情况会造成单位无法集中资源开展业务、服务创新和增强核心竞争力。

（5）运营队伍难以保持稳定

备份数据中心的运营管理上应与生产中心同等标准。但必须看到，技术人员平时实际是处于一种待命状态，这支技术队伍如果得不到锻炼和提升能力的机会，人心不稳，将难以保证运营队伍的稳定。

（6）建设周期长

备份数据中心具有自己独特的选址、建设要求。一般而言，从选址到建设完成需要 18 ～

36 个月的时间,并且风险分析、业务影响分析、灾难恢复策略的制定、应急管理体系建设、灾难恢复预案的制定和管理等工作,对于缺少相关知识和方法论的单位内部员工而言,也将是一个漫长而反复的过程。

4.3.1.2　共建模式的优点和所面临的困难及风险分析

共建灾难恢复系统,是指由两个或多个单位合作,按一定的比例分别投入资金、人力和物力进行灾难恢复系统的建设和运营管理。

灾难恢复系统共建在资源共享、降低建设成本、加强行业联合等方面有一定优势。共建模式在国外曾经使用过,后来因为多方面的原因,逐渐被自建和使用灾难恢复外包服务所取代。灾难恢复系统共建模式主要会存在如下几个方面的问题和风险。

(1)建设投资和运营费用难以协调和分摊

因为建设投资和运营费用的分摊没有一定的规则可以参照,因此资金的投入比例难以协调和分摊。

(2)管理复杂

因为合作方之间法律上的责任界定不明确,通常会存在多头管理,造成灾难恢复系统管理复杂,导致规章制度难以得到有效贯彻执行,难以保证各合作单位的数据安全和数据保密,如果共建单位存在业务竞争关系,这点尤其关键。

(3)灾难恢复系统的可用性难以保障

因为合作方之间存在职责不明确、管理复杂,这会对灾难恢复系统的可靠运行带来一定的影响,灾难恢复系统的可用性难以保证。

4.3.1.3　外包服务的优点和所面临的困难及风险分析

灾难恢复服务外包是指专业的灾难恢复服务商利用其高标准的灾难备份中心、结合其灾难恢复专业经验,采用资源共享的方式,面向用户提供灾难多项灾难恢复服务,而客户可按多种模式租用灾难恢复服务商提供的服务。

当前,信息技术外包作为一种新型的竞争策略正在被越来越多的单位所接受,把一些外围非核心业务外包,自己则可以集中精力开展核心业务。在欧美先进国家,由商业化运作的灾难恢复服务商提供专业灾难恢复外包服务是灾难恢复建设的主流。目前美国已有上百个商业化运作的灾难备份中心,数十家公司提供灾难备份及恢复服务。

外包服务的优点主要有以下几点。

(1)可节省大量一次性投资

客户以每年支付租金的方式取代数额巨大的一次性投资,而获得高标准灾难备份中心提供的灾难恢复服务。

(2)可节省大量的年运营成本

社会化的灾难备份中心,采用资源共享方式为多个客户提供灾难恢复服务,从而降低客户灾难恢复系统运营管理的成本开支。

(3)可享受高质量的专业服务

社会化的灾难备份中心拥有完善的灾难恢复服务体系和方法论,有专业的技术和运营管理队伍,具有强大的工程实施、系统支持能力,可确保客户享受良好的灾难恢复专业服务。

（4）可在较短时间内实现灾难恢复目标

社会化的灾难备份中心拥有丰富的资源和灾难备份项目实施经验,有完整而成熟的实施方法论和协同高效的技术队伍,可在较短的时间内为客户提供灾难恢复服务。

（5）可使用高等级灾难备份中心资源

社会化的灾难备份中心完全按照国家计算机机房标准和灾难备份中心规范进行建设,且配有完备的供电及后备发电系统、冗余通信系统,采取严密的保安、消防和监控措施等。

（6）可使用完善的配套设施

社会化的灾难备份中心还提供了客户灾难恢复专用的现场指挥部、会议室、操作控制室、终端室、客户服务室、影印传真室、图书资料室、餐厅、客房及办公场所等设施。

当然,灾难恢复外包服务也有它的缺点和风险,例如,增加了用户对外包服务商的依赖性,增加了用户的商业风险,数据安全与保密控制较难等。因此用户如果采用外包服务模式,则须慎重选择灾难恢复服务商,和服务商签订严密的服务水平协议、保密合同,规避风险,事先做好外包服务的风险防范工作。

综上所述,3种建设方式的优缺点比较见表4-1

表4-1　3种建设模式的优缺点比较

建设方式	优　点	缺　点	适用单位
自建	单位专用; 所有决策都由单位自己作主; 测试免费,并且测试时间没有限制	灾难备份中心建设成本高; 运营维护成本高; 建设周期较长; 资源利用率低,且随着单位的发展,恢复资源可能滞后; 技术与实施难度大、管理与维护要求高; 运营队伍难以保持稳定	适合风险控制要求高,资产规模大、技术与资金实力强的单位
共建	降低投资成本; 加强行业联合	技术与管理难度大; 人员组织和管理困难; 责任不易界定; 合作模式要求高; 数据的安全难以保证; 灾难恢复系统的可用性难以保障	适合同行业之间,且竞争不明显的单位
外包	成本低,可以大幅度降低灾难备份投资; 灾难恢复服务提供商具有专业优势,可得到专业化服务; 在较短时间内实现灾难恢复目标; 资源共享带有灵活性; 易于扩展	单位网络必须延伸到恢复站点; 服务商的自身实力、服务质量等会影响灾难恢复系统的建设和运行	适合风险控制要求相对较低,技术与资金相对较弱的单位

在灾难恢复建设过程中,用户可根据自身实际情况,在灾难恢复系统的投资模式、灾难恢复资源使用模式和灾难恢复系统的运营管理模式方面进行合理选择。

4.3.1.3　灾难恢复系统投资模式

根据灾难恢复系统投资模式分类，灾难恢复系统分为以下两种模式。

（1）灾难恢复系统由外包服务商投资建设和运营管理，用户整体租用。

（2）用户自己投资或双方共同投资，外包服务商负责提供托管服务等。

4.3.1.4　灾难备份中心资源使用模式

根据灾难备份中心资源使用模式分类，可分为以下 3 种模式。

（1）专属使用模式（Dedicated）

专属资源可包括：专属数据备份系统、专属备份数据处理系统、专属通信网络系统、专属机房空间和专属工作环境等。

（2）确保使用模式（Guaranteed）

在灾难发生时，外包服务商可确保客户得到灾难恢复所需的备份数据处理系统、通信网络系统、机房空间和工作环境等资源。

（3）共享使用模式（Shared）

客户灾难演练与灾难恢复所需要的备份数据处理系统、通信网络系统和工作环境等资源由多个客户共享，其使用方式为先到先得。

4.3.1.5　灾难恢复系统运营管理模式

根据灾难恢复系统运营管理模式分类，可分为以下两种模式。

（1）外包服务商负责运行管理服务模式。

（2）客户自行管理模式等。

来自 IDC2003 年灾难备份自建和外包的比较分析如表 4-2 所示，供读者参考。

表 4-2　灾难恢复自建和外包的比较分析

灾难恢复建设模式	优　点	缺　点
自建	保持所有控制； 能够随时调整需求； 可以自主管理业务风险	影响了对核心业务的关注度； 承担人员和资产的法律义务； 增加成本支出； 降低公司其他方面的投资收入能力； 第三方已经具备的专业能力和最佳实践无法利用
外包—专属	增强对核心业务的关注度； 降低整体拥有成本； 最大化人员工作效率； 确保灾难恢复服务的专业性	增加外包项目的业务安全风险； 还可以将总体拥有成本降得更低
外包—共享	最大限度地关注核心业务； 将总体拥有成本降至最低； 最大化人员工作效率； 最大化实现业务增长目标的能力	降低了对技术层面和灾难恢复的控制； 大范围的灾害发生可能造成共享用户间的资源竞争

灾难恢复自建和外包对 TCO 和 ROI 的影响如表 4–3 所示。

表 4–3　灾难恢复自建和外包对 TCO 和 ROI 的影响

选择	成本中心			财务影响		全面影响	
	设施	人员	技术	IT 预算	其他发生费用	总体拥有成本	投资回报
自建	增加	增加	相同	增加	增加	增加	下降
外包—专属	不可行	下降	相同	下降	下降	下降	增加
外包—共享	下降	下降	下降	下降	下降	下降	增加

4.3.2　灾难恢复服务提供商的选择

根据以上的分析，灾难恢复外包将成为一种市场趋势。随着灾难恢复服务需求的迅速增加，我国的灾难恢复服务行业将得到迅猛发展，如何区分和选择灾难恢复外包服务商以便降低外包风险，成为很多单位关注的问题。本节在借鉴国外管理经验的基础上，给读者提供几点有益的建议。

（1）服务质量

灾难恢复服务提供商应具有一定的安全与服务品质保障。服务商是否关注服务质量，是否有成功的案例，是否具有服务体系和安全体系的认证(如 ISO 9001，BS 7799 等)；服务商能否保持与单位的同步发展。

（2）服务经验

有丰富服务经验的服务商通常都拥有一套完整的恢复程序和控制措施，一套有效的灾难恢复和业务连续管理方法论。能提供哪些服务类型，是否有服务经验和成功案例，以及曾承担过的灾难恢复专业服务的规模，这是选择灾难恢复服务提供商最直观的方法。另外，灾难恢复服务是一种规模经济，拥有一定量的客户合约是保证持续服务的基础。

（3）服务的范围

考察服务商是否能够提供你所需要的所有服务。包括：场地、设备、紧急递送、系统恢复和业务恢复等。

（4）服务商的专注度

考察供应商是否专注于灾难恢复，在灾难发生时你的业务是否能够生存就依赖于灾难恢复服务供应商的专业性。如果你的供应商被其他业务牵扯得焦头烂额，他还会保持恢复服务的等级和质量吗？

（5）服务商的专业程度

灾难恢复服务是专业化程度要求非常高的行业，需要服务商具有先进的技术及完善的方法论，需要完善的灾难备份中心管理制度和专业化的服务团队。

（6）灾难备份中心的基础设施

是否拥有专业的灾难备份中心，并且具有完善的管理模式，对应《信息安全技术　信息系统灾难恢复规范》（GB/T 20988—2007），具有提供何种等级的灾难恢复能力，这是客户选择灾难恢复服务提供商的主要依据。

（7）设备设施

你的备用设备设施能够保证不会在同一场灾难中和生产系统的设备设施同时失效吗？在灾难发生时，服务商的备用设备设施能够提供必需的保证吗？例如，网络、通信、安全保障、食宿安排和媒体接待等。

（8）灾难恢复团队

"人员"是 BC/DR 规划中很重要的一部分。一个专业的有丰富知识经验的团队有助于BC/DR 业务的操作和维护。灾难恢复服务商应熟悉信息系统架构，拥有一定规模的灾难恢复服务团队，包括业务连续性专业人员、专职的管理人员、技术人员、运行人员和安全人员，并且人员配置合理，职责分明。

（9）测试和演练

未经测试的恢复计划是无效的。在技术设备设施到位后应该安排基于场景的测试和演练，确认灾难恢复预案的完整性和可用性。

（10）成长性

服务商是否能够和你一起成长？是否能够根据你的发展需要变更、提高服务支持能力？服务商是否投入了足够的人员应对新技术的发展？是否有能力持续支持你的关键系统依赖的设备和技术？

（11）服务商的长期承诺

灾难恢复服务商特别是灾难恢复外包服务商本身需要有持续长久运营的能力，这需要高等级的灾难备份中心、强大的技术支持团队以及提供多等级、多厂家、多平台的灾难恢复解决方案。

（12）地理区域

需要充分考虑服务商的服务是否有地理区域限定，你的需求会不会受到限制？

（13）交通

服务商的服务场所是否能够快速地到达？如到飞机场、干线公路的距离等。

（14）意外事件的应对计划

服务商是否有自己的发电机或者其他紧急供电的计划和设备？在服务商发生意外时是否有合适的响应体系和计划？

（15）合同服务

仔细考察合同中提供的服务范围和服务质量保证，确保合同中描述的内容确实能够满足你的灾难恢复需求，并且关注合同生效的前提和合同终止的条件。

（16）价格

不要将价格作为你选择服务的第一要素。只有在确信其服务范围和服务质量都可以满足要求的情况下，服务的价格才有可比性。

第5章 灾难恢复需求的确定

5.1 需求分析的必要性和特点

信息系统灾难恢复的建设是针对于高风险、小概率事件准备的，对于大部分用户来说，灾难恢复系统在多年内可能由于没有灾难发生而无须切换，一些用户对于灾难的发生或多或少抱有侥幸心理，觉得灾难恢复系统可建可不建；但对任何个体来讲，灾难发生后意味着极大的损失，甚至是100%的损失。

对于准备建设灾难恢复系统的用户来说，应如何启动灾难恢复系统建设，投入多少才能有效保护单位的资产并避免浪费呢？

我们都知道，单位的损失和业务中断时间之间存在关联，业务中断时间越长，单位的损失就越大；同时，恢复数据所需的时间越少，业务处理服务中断的时间就越短，所需方案的成本就越高。根据经验，业务中断损失和中断时间之间可以用曲线表示出来，同时方案投入和恢复时间的关系也可以用曲线表示出来，这两条曲线之间的关系如图5-1所示。

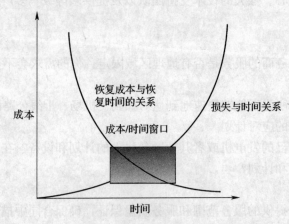

图 5-1 投入和收益的平衡点曲线图示

这两条曲线的交点是最佳投资点，在这一点上可以实现投入和收益的平衡点，结合用户可以容忍的损失数据和中断时间，从而制定单位的灾难恢复策略和预案。那么在规划灾难恢复策略和方案时，这一点对应的时间和最佳投资分别是多少，这需要专业咨询人员根据单位信息及业务系统现状进行灾难恢复需求分析。

与任何信息系统建设一样，灾难恢复系统的建设也必然面临无限需求和有限资源、有限投入之间的矛盾。灾难恢复系统的建设绝不是简单的数据复制或生产系统的克隆。灾难恢复系统建设和其他IT系统建设一样也必须以服务于业务为目标。灾难恢复系统的最终使用方是单位的最终客户或者内部业务部门。

灾难恢复系统的建设具有复杂性。灾难恢复系统应考虑恢复的不单是一个部门或某一系统，而是整个 IT 服务体系，涉及的系统、应用、部门庞杂，不经过系统的、全面的调研则无法清楚地了解和描绘灾难恢复系统使用方的真正需求。

灾难恢复系统的建设具有有限性。鉴于灾难恢复系统的启用和切换是一个小概率的事件，灾难恢复系统投入的效率必然很低。作为临时性的代用系统，对于灾难恢复系统的投入必然和生产系统的投入存在一定的差距。而最终用户往往希望在灾难发生时，能够在最短的时间内获得与灾难发生前没有差异的信息系统服务。如何利用有限的资源满足灾难发生时的业务需要是灾难恢复系统建设必须调和的矛盾。

灾难恢复系统的建设具有关联性。灾难发生后，IT 系统的恢复必然存在以下问题：用有限的资源恢复不同的系统和业务的次序以及服务品质差异；灾难恢复系统与其他单位互连互通的要求。灾难恢复系统不是一个孤立的系统，其内部也存在对恢复资源的依赖性和优先级的协调。必须合理地处理好灾难恢复系统的这种外部和内部的关联性才能够保证灾难恢复系统的有效运作。

灾难恢复系统的建设具有连续性。在灾难发生后，灾难恢复系统作为临时性替代系统，必须保证为持续的服务提供能力，直到生产系统完成重建和回退。灾难恢复系统提供服务连续性的时间越长，建设成本会越高。如何合理地确定灾难恢复系统的持续能力也是灾难恢复系统建设需求分析的主要内容。同时，灾难恢复系统完成建设后，必须保证持续的更新和维护才能够保证灾难恢复系统的长期有效，灾难恢复系统的更新维护制度、运行维护管理也是在灾难恢复系统规划期间必须考虑的内容。

5.2　风险分析

风险分析是标识信息系统的资产价值，识别信息系统面临的自然的和人为的威胁，识别信息系统的脆弱性，分析各种威胁发生的可能性，并定量或定性地描述可能造成的损失。通过技术和管理手段，防范或控制信息系统的风险。依据防范或控制风险的可行性和残余风险的可接受程度，确定对风险的防范和控制措施。

信息系统灾难恢复的风险分析主要根据单位现状和业务特点，全面识别并分析影响信息系统正常运行的风险因素，分析这些因素发生的可能性。风险分析的范围主要考虑单位所在地区范围和与之在经济、业务上有紧密联系的邻近地区的交通、电信、能源及其他关键基础设施遭到严重破坏，或造成此地区的大规模人口疏散或无法联系后所面对的可能性风险，同时还需要考虑单位信息系统中断所造成的系统性风险。系统性风险指单位或部门因不能履行其应尽义务而导致其他机构不能开展业务，引起连锁反应，从而造成的各种社会影响和损失。

首先，识别潜在的风险，这些风险的来源可能是：

①各种区域性的自然灾难，如洪水、地震和疫病等；

②人为事故或蓄意破坏造成的严重灾难，如火灾、恐怖主义袭击等；

③安全威胁、硬件、网络或通信故障；

④灾难性的应用系统错误。

所有的风险都应纳入单位的风险分析范围，并且应对各种风险的可能来源进行较准确的定位。对于每一种风险的来源都应该认识到其风险的类型、风险的程度和风险发生的可能性。

如果按照风险的破坏类型或程度进行分类，它们对业务的影响可以分为：

①经营场所及设备完全破环；

②经营场所及设备部分破环；

③经营场所及设备完好，但人员不能进入，比如疫病的隔离、恐怖威胁造成的人员疏散等。

5.2.1　风险分析方法

当前最传统也最广泛的风险分析方法主要是基于知识（Knowledge-based）的分析方法、基于模型（Model-based）的分析方法、定量（Quantitative）分析和定性（Qualitative）分析以及定量和定性混合的分析方法。最近几年也出现了一些分析工具，按这些方法分析的结果同相应的风险分析标准和规范进行比较，它们共同的目标都是找出单位信息资产面临的风险及其影响，以及目前安全水平与单位安全需求之间的差距。

（1）基于知识的分析方法

基于知识的分析方法又称为经验方法，采用这种分析方法，风险分析团队不需要通过繁琐的流程和步骤，可节省大量精力、人员、时间和资源；只需通过特定途径收集相关信息，识别单位当前的资产、资产所存在的漏洞、组织的风险和当前采取的安全措施等信息，与特定的标准或最佳实践进行比较，从中找出不符合的地方，并按照标准或最佳实践推荐选择安全措施，最终达到降低和控制风险的目的。

基于知识的分析方法，最重要的还在于完整详细的收集和评估信息，主要方法一般有：

①问卷调查；

②会议讨论；

③人员访谈；

④对当前的策略和相关文档进行复查。

为了简化评估工作，我们可以采用一些辅助性的自动化工具，这些工具内置了很多模块化的问卷和资料库，可以灵活制定满足特定需求的问卷，辅助工具会自动对解答结果与内置的资料库进行综合分析比较，列出单位当前的风险状况，给出应对措施。市场上可选的此类工具有多种，例如，COBRA，CRAMM 和 ASSET 等。

（2）基于模型的分析方法

基于模型的分析方法可以评估出系统自身内部机制中存在的危险性因素，同时又可以发现系统与外界环境交互中的不正常和有害的行为，从而完成系统脆弱点和安全威胁的定性分析。

2001 年 1 月，由希腊、德国、英国和挪威等国的多家商业公司和研究机构共同组织开发了一个名为 CORAS 的项目，即 Platform for Risk Analysis of Security Critical Systems。其目的是开发一个基于面向对象建模特别是 UML 技术的风险分析框架，它的评估对象是安全性要求很高的系统。CORAS 考虑到技术、人员以及所有与安全相关的各方面，通过 CORAS 风险分析，可以定义、获取并维护 IT 系统的保密性、完整性、可用性、抗抵赖性、可追溯性、真实性和可靠性。

与传统的定性和定量分析类似，CORAS 风险分析沿用了识别风险、分析风险、评价并处理风险的过程，但其度量风险的方法则完全不同，所有的分析过程都是基于面向对象的模型来进行的。CORAS 的优点在于：提高了对安全相关特性描述的精确性，改善了分析结果的质量；图形化的建模机制便于沟通，减少了理解上的偏差；加强了不同评估方法互操作的效率等。

目前，CORAS 还处于实验阶段，相关信息可以参考：http://www.bitd.clrc.ac.uk/Activity/CORAS。

（3）定量分析方法

定量分析就是对风险的程度用直观的数据表示出来。其主要思路是对构成风险的各个要素和潜在损失的程度赋予数值或货币金额，度量风险的所有要素（资产价值、弱点级别、脆弱性级别等）都被赋值，计算资产暴露程度、控制成本以及在风险管理流程中确定的所有其他值时，尽量具有相同的客观性，这样风险分析的整个过程和结果都可以被量化了。

根据不同的标准和方法论，定量分析需考虑不同的因素，一般应考虑如下几个重要的概念。

①资产价值（Asset Value，AV），即单位资产所具有的价值，一般根据财务报表数据或是估算。比如说一个电子商务网站，每年运行 365 天，每天有 10 万元的营业收入，那么就可以说这个电子商务网站每年的资产就是 $365 \times 10 = 3650$ 万元。

②暴露因数（Exposure Factor，EF），即特定威胁对特定资产造成损失的百分比，或者说损失的程度。比方说单位的某个资产，价值是 200 万元，一次火灾损失了 15 万元，那么它的暴露因数就是 $15/200 \times 100\% = 7.5\%$。

③单一损失期望（Single Loss Expectancy，SLE）或者称为 SOC（Single Occurance Costs），即发生一次风险对资产的损失数值。SLE 是分配给单个事件的金额，代表一个具体威胁利用漏洞时单位将面临的潜在损失。

④年度发生率（Annualized Rate of Occurrence，ARO），即威胁在一年内估计会发生的频率，应合理预估该数字。一般需要由安全专家或业务顾问来进行评估。其数值类似于定量（定性）风险分析的可能性，其范围从 0（从不）至 100%（始终）。

⑤年度损失期望（Annualized Loss Expectancy，ALE）或者称为 EAC（Estimated Annual Cost），表示特定资产在一年内遭受损失的预期值。SLE 乘以 ARO 即可计算出该值。

⑥年度投资回报（Return On Security Investment，ROSI），即通过实施一定的安全措施所获得的年度投资回报的计算公式如下：

$$实施控制前的 ALE - 实施控制后的 ALE - 年控制成本 = ROSI$$

例如，大楼遭受火灾的 ALE 为 35 万元，现在通过采取应对措施（加装了监控火警探头，购买了充足的灭火器，共花费了 8 万元）后，大楼遭受火灾的 ALE 为 7 万元，那么现在 ROSI=35-7-8=20 万元。

我们可以看到，对定量分析来说，有两个指标最为关键，一个是事件发生的可能性（可以用 ARO 表示），另一个是事件可能引起的损失程度（用 EF 来表示）。在将来制定灾难恢复预案时，要考虑采取措施降低安全事件发生的可能性和暴露因数。

从理论上讲，通过定量分析可以对安全风险进行准确的定义和分级，但是这种方法也有一些固有的难以克服的明显缺点：定量分析所赋予的各种数据的准确性并不可靠，没有正式且严格的方法来有效计算资产和控制措施的价值，很多数据的赋予个人主观性较强；其次，使用定量分析的方法需要同单位各相关人员交流以了解并掌握其业务流程，这需要耗费大量的成本，大量的人力资源和时间来完成其全部周期，经常会出现员工对如何计算具体数值发生争论的情形，影响项目继续推行进展。

从实际使用情况来看，单纯采用定量分析的案例并不多见。

（4）定性分析方法

定性分析方法是目前采用最为广泛的一种方法，它与定量风险分析的区别在于不需要对资产及各相关要素分配确定的数值，而是赋予一个相对值。通常通过问卷、面谈及研讨会的形式进行数据收集和风险分析，涉及各业务部门的人员。它带有一定的主观性，往往需要凭借专业咨询人员的经验和直觉，或者业界的标准和惯例，为风险各相关要素（资产价值、威胁和脆弱性等）的大小或高低程度定性分级，例如，高、中、低 3 个等级。

对于某一个业务中断的无形影响分析，可以使用如下的定性分析方法（见表 5-1）。

表 5-1　业务中断无形影响

业务系统名称	无形影响
业务 1	3
业务 2	3
业务 3	3
业务 4	4
业务 5	2

其中，我们对这些无形影响数据的定义如下：

0=无（造成的影响可忽略不计）；
1=较小（引致资金周转困难等传言）；
2=重要（造成有限的负面社会影响）；
3=严重（造成较大的负面社会影响）；
4=非常严重（造成全面的严重负面社会影响）。

通过这样的方法，对风险的各个分析要素赋值后，我们可以定性地区分这些风险的严重等级，避免了复杂的赋值过程，简单且易于操作。

与定量分析相比较，定性分析的准确性稍好但精确度不够；定性分析消除了繁琐的易引起争议的赋值，实施流程和工期大为降低，只是对相关咨询人员的经验和能力提出了更高的要求；定性分析过程相对主观，定量分析过程基于客观；此外，定量分析的结果很直观，容易理解，而定性分析的结果则很难有统一的解释。

当前最常用的分析方法一般都是定量和定性的混合方法，对一些可以明确赋予数值的要素直接赋值，对难于赋值的要素使用定性方法，这样不仅更清晰地分析了单位资产的风险情况，也极大地简化了分析的过程，加快了分析进度。

选择风险分析的方法和判断标准，我们应考虑行业自身特点，区别它们各自的关注点，灵活制定风险分析过程和分析方法。例如，对于金融行业来说，丢失数据风险的损失比短时间业务停顿的风险所带来的损失更为严重；而对于通信行业来说，业务停顿风险带来的损失比少量数据丢失的风险更难以接受。

5.2.2　风险分析的要素

单位在开展风险分析的过程中，应全面和准确地识别信息系统的威胁、脆弱性和损失。

威胁是一种对信息系统构成潜在破坏的可能性因素，是客观存在的。在分析单位信息系统面临风险的威胁时，我们一般考虑如下几个因素。

①自然的、人为的威胁；

②无意的、故意的威胁；

③内部的、外部的、内外勾结的威胁；

④在控制能力之内的、超出控制能力之外的威胁；

⑤有预警的、无预警的威胁；

⑥各种威胁发生的可能性等。

脆弱性是对信息系统弱点的总称。脆弱性识别是风险分析中最重要的一个环节。脆弱性识别可以从环境、网络、系统、应用等层次进行识别。脆弱性识别的依据可以是国际或国家安全标准，也可以是行业规范、应用流程的安全要求。在分析单位信息系统面临风险的脆弱性时，主要从以下两个方面考虑。

①技术脆弱性，如物理环境、应用系统的安全问题；

②管理脆弱性，包括技术管理和组织管理两个方面。

风险计算是采用适当的方法与工具确定威胁利用脆弱性导致信息系统灾难发生的可能性，主要包括以下内容。

①计算灾难发生的可能性；

②计算灾难发生后的损失；

③计算风险值。

灾难发生造成业务中断，可能造成的损失主要包括以下几种。

①直接经济损失；

②间接经济损失；

③负面影响损失。

5.2.3　风险分析的过程

为了能全面、有效地分析单位信息资产所存在的风险，又没有安全因素的遗漏，我们有必要按照一定的流程和步骤进行风险分析。我们在进行风险分析时必须注意的是：用于灾难恢复建设的风险分析过程不等同于常规的信息安全风险评估，它主要是从与灾难恢复相关的方面来进行分析的，例如，数据中心基础设施、用户相应的管理制度、应急计划等方面来考虑。

（1）风险分析的路线图

对于要建立灾难恢复系统的单位来说，如何进行风险分析呢？我们可以按照《信息安全技术　信息系统灾难恢复规范》（GB/T 20988—2007）中所定义的路线图（见图 5-2）来进行分析。

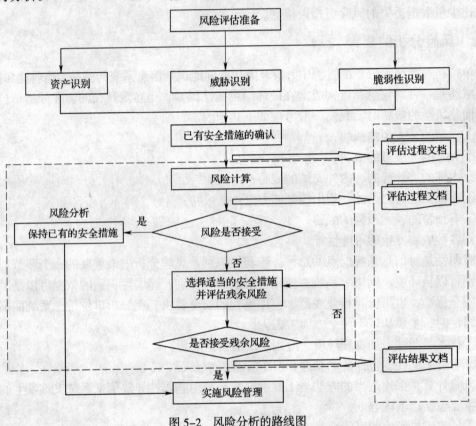

图 5-2　风险分析的路线图

（2）确定风险分析范围

在风险分析项目启动后，应清晰地确定风险分析的范围。单位中存在着业务系统、财务系统和邮件系统等各种系统，风险评估者需要确定对哪些系统进行分析，是对 IT 系统和部门分析还是需要对非 IT 系统和部门进行分析；对于一个指定要分析的系统，需要明确对哪些部分进行分析，比如对于系统所处的基础设施分析还是分析系统本身具有哪些补丁的缺损，这些都需要风险分析者和用户协商一致。在整个流程期间，应经常在全体风险承担者会议上讨论并了解范围，在分析团队成员和用户之间达成一致，避免相关人员理解不一致而引起的障碍，便于项目的健康开展而不致偏离方向。最重要的是风险分析范围必须得到用户高层的认同和批准。

（3）确定风险分析目标

风险分析阶段应首先明确分析的目标，即风险分析所要实现的功能，同时设置合理的期望值，为风险分析的过程提供导向。

一般说来，风险分析的目标有如下几种。

①更好地理解单位资产的相关现状；

②识别单位资产当前的风险，为业务影响分析直至灾难恢复预案的制定提供依据；

③确保投资人对单位的投资具有足够的信心；

④保护单位重要数据，使其免遭到泄露；

⑤满足国家相应监管要求；

⑥遵守相关的法律法规和相关标准等。

（4）确定风险分析团队

为了完成风险分析的工作，有必要组建一个分析实施团队，团队成员中应包括资深的咨询分析顾问、单位信息系统相关人员及各业务部门精通业务的骨干等。用户 IT 人员和业务人员的参与可以便于分析团队熟悉单位架构，清楚单位业务流程，了解单位的 IT 系统等，用户相关人员的参与也是公司高层支持风险分析的一个实际措施。

（5）确定风险分析方法

从上文可以得知风险分析的方法，那么在项目开展前，分析团队应明确采用哪种或哪几种风险分析方法。选择方法时要结合当前风险分析的目标、时间、资源和效果等方面来考虑。

（6）获取用户高层的支持

为了确保项目的顺利进展，成功消除项目进展过程中可能受到的干扰和障碍，风险分析团队应在实施之前和用户管理层进行有效的交流和沟通，确保管理层了解评估的重要性以及他们的角色，并向管理层明确单位可接受的风险水平和等级、提交项目实施的范围、目标、方法和日程安排等，确保获得管理层对此的理解和支持。

（7）资产分析

资产是具有价值的信息或资源，是单位风险分析所要保护的对象。它能够以多种形式存在，例如，无形的或有形的，硬件或软件，文档或代码，服务或形象等。机密性、完整性和可用性是评价资产的 3 个安全属性。

通过准备阶段的工作，分析团队可以列出一份风险分析的资产清单，详细记录分析范围和边界内所有相关的资产，要竭力防止遗漏。实际操作时，单位可以根据业务流程来分析资产。例如，若分析财务系统，那么就需要分析财务系统本身的服务器、系统、财务数据，以及同财务系统相连的网络和打印机等。一般说来，单位常见的资产包括如下几种。

①数据中心、建筑物；

②服务器；

③应用软件；

④数据及文档；

⑤合同、协议等书面文件；

⑥员工；

⑦单位名誉和形象等。

经过分析，得到单位相关的资产清单后，有必要对资产进行分类以区分不同资产的重要性，为下面制定灾难恢复策略提供依据。为确保资产赋值时的一致性和准确性，团队应建立一个资产价值评价尺度，以指导资产赋值，使分析结果更具有客观性。

单位应根据自身的情况，选择对资产机密性、完整性和可用性这些最为重要的属性的赋值等级作为资产的最终赋值结果，或者根据资产机密性、完整性和可用性的不同重要程度对其赋值进行加权计算而得到资产的最终赋值。

（8）威胁识别

造成威胁的因素可分为人为因素和环境因素。根据威胁的动机，人为因素又可分为恶意和无意两种，环境因素包括自然界不可抗拒的因素和其他物理因素。

识别信息资产面临的威胁后，还应该评估威胁发生的可能性。风险分析团队应该根据经验或者相关的统计数据来判断威胁发生的频率或概率。

（9）脆弱性识别

脆弱性识别也称为弱点识别，弱点是信息资产本身存在的，如果没有相应的威胁发生，单纯的弱点本身不会对资产造成损害。所以，单位应该针对每一项需要保护的信息资产，找到可被威胁利用的弱点。脆弱性识别主要以单位资产为核心，从技术和管理两个方面进行,所采用的方法主要有：问卷调查、工具检测、人工核查、文档查阅和渗透性测试等。

脆弱性识别之后，可以根据它们对资产损害程度、技术实现的难易程度、弱点流行程度，可采用等级方式对已识别的脆弱性的严重程度进行赋值。

（10）已有安全措施的确认

对于已经采取一定安全措施的单位来说，有必要对已采取的安全措施的有效性进行确认，继续保持有效的安全措施，以避免不必要的工作和费用，防止安全措施的重复实施。对于确认为不适当的安全措施应核实并判断是否应被取消，或者用更合适的安全措施替代。

（11）风险计算

经过前面的风险分析步骤，分析团队已经对单位的资产、威胁、脆弱性和已有安全措施一一进行了识别及赋值，下面考虑如何计算风险。对于如何计算风险，不同的标准制定了不同的计算方法，我们可以参照《信息安全技术　信息系统灾难恢复规范》（GB/T 20988—2007）的风险计算原理，公式如下。

$$风险值 = R\,(A,\ T,\ V) = R\,(L\,(T,\ V),\ F\,(I_a,\ V_a))$$

其中，R 表示安全风险计算函数，A 表示资产，T 表示威胁，V 表示脆弱性，I_a 表示安全事件所作用的资产重要程度，V_a 表示脆弱性严重程度，L 表示威胁利用资产的脆弱性导致安全事件发生的可能性，F 表示安全事件发生后产生的损失。

计算单位存在的风险，有以下 3 个关键计算环节。

①计算灾难发生的可能性

根据威胁出现的频率及脆弱性状况，计算威胁利用脆弱性导致灾难发生的可能性，即：

灾难发生的可能性 $= L\,(威胁出现频率，脆弱性) = L\,(T,\ V)$

在具体评估中，应综合脆弱性被利用的难易程度以及资产吸引力等因素来判断灾难发生的可能性。

②计算灾难发生后的损失

根据资产重要程度及脆弱性严重程度，计算灾难一旦发生后的损失，即：

灾难的影响 $=F$（资产重要程度，脆弱性严重程度）$=F(I_a, V_a)$

③计算风险值

根据计算出的灾难发生的可能性以及灾难的损失，计算风险值，即：

风险值 $=R$（灾难发生的可能性，灾难的损失）$=R(L(T, V), F(I_a, V_a))$

评估者可根据自身情况选择相应的风险计算方法计算风险值，如矩阵法或相乘法。矩阵法通过构造二维矩阵，形成灾难发生的可能性与灾难的损失之间的二维关系；相乘法通过构造经验函数，将灾难发生的可能性与灾难的损失进行运算得到风险值。

风险等级的划分方法的例子见表 5-2。

表 5-2　风险等级的划分

等级	标识	描　　述
5	很高	一旦发生将使系统遭受非常严重破坏，单位利益受到非常严重损失
4	高	如果发生将使系统遭受严重破坏，单位利益受到严重损失
3	中	发生后将使系统受到较重的破坏，单位利益受到损失
2	低	发生后将使系统受到的破坏程度和利益损失一般
1	很低	即使发生只会使系统受到较小的破坏

根据风险计算得到的风险值，单位应制定相应级别的防范措施以有效削减或降低风险。

（12）残余风险的确认

经过分析确定所存在的风险，且采取了一定的安全措施削减风险后，并不能绝对消除风险，仍然可能存在的风险称之为残余风险。有些风险虽然存在，但是外来威胁利用它并对单位造成损失的可能性极小或是成本极大，所以这类风险可以接受；另外有一些风险，可能是安全措施不当或无效，需要继续控制。因此，单位的风险通常不可能完全消除。针对不可接受的风险，按照灾难恢复资源的成本与风险可能造成的损失之间取得平衡的原则（成本风险平衡原则），评估风险防范的安全措施的可行性和效率，确定风险防范的安全措施。风险分析团队需要对这些残余风险进行记录，并经用户确认。

单位应对这些残余风险进行有效的监控并定期评审，充分考虑残余风险导致的灾难事件发生在最不利的时间和地点，可能对单位造成较大损失，以及影响范围的广泛性。

（13）风险分析文件记录

风险分析文件包括在整个风险分析过程中产生的过程文档和结果文档，对于这些风险分析过程中形成的各相关文件，应规定其标识、储存、保护、检索、保存期限以及处置所需的控制等，以备后来的风险消减规避或为再次分析提供相关背景资料。

5.2.4　风险分析的结论要求

风险分析完成后，风险分析团队需要向用户提交一份正式的风险分析报告，报告内容包括对用户风险分析的概要、结论及建议等，报告还包括每一次调查及会见的记录和收集资料的汇总。

风险分析报告主要包括以下内容。

①确定用户资产可能面对的危险；

②评估各种危险发生的可能性；

③评估危险真正发生时所造成的损失；

④分析用户所存在的风险；

⑤评估风险及控制措施；

⑥对可采用的风险控制措施提出建议等。

风险分析是业务影响分析和制定灾难恢复策略和预案的前期准备条件，以便在策略制定和预案制定时更具有针对性，考虑因素更为全面，规划的实施成本会更合理，从而有效地保护投资，获得更大的投资回报率。

5.3 业务影响分析

风险分析完成后，得到单位一系列存在风险的业务系统范围，业务影响分析则是对这些存在风险的业务系统的功能，以及当这些功能一旦失去作用时可能造成的损失和影响进行分析，以确定单位关键业务功能及其相关性，确定支持各种业务功能的资源，明确相关信息的保密性、完整性和可用性要求，确定这些业务系统的恢复需求，为下一阶段制定灾难恢复策略提供基础和依据。

5.3.1 业务影响分析方法

分析系统的业务影响，一般采用和风险分析相似的方法，即主要采用问卷调查、人员访谈、会议讨论等方式，通过收集单位业务系统的如下要素来实现。

①资产；

②人员；

③职责；

④工作流程；

⑤数据流等。

能否制定适合单位情况的调查问卷和实施流程是业务影响分析能否成功的关键，业务影响分析需要从两个方面来收集相关的信息。

①业务系统情况；

②业务中断影响/损失。

分析人员根据这些信息，凭借自身的专业经验进行以下分析。

①业务功能可接受的中断时间分析；

②业务系统敏感性分析；

③确定关键的业务功能，确定各业务功能间的依赖关系；

④确定各个业务系统的恢复时间目标；

⑤业务功能恢复优先顺序以及恢复要求；

⑥IT 应用系统恢复优先顺序以及恢复要求；

⑦灾难恢复资源分析；

⑧灾难恢复需求和灾难恢复方案的建议等。

5.3.2　业务影响分析的要素

（1）业务功能

通过分析单位各业务系统的基本情况和职能、流程等相关信息，根据用户主要的服务职能目标，确定支持业务开展的信息系统功能，为后期制定灾难恢复预案时各业务系统恢复顺序的排列和不同恢复等级下所需恢复业务系统的分类提供依据。

（2）业务影响分析指标设置

针对业务系统不同的方面，需要制定不同的业务影响分析指标。业务中断的损失分析主要从财务影响和非财务影响来进行分类。对于财务影响，我们可以根据单位所处行业的类型和规模来分级，以判定其业务中断随时间的关系；而对于非财务影响，则只能采用定性的方法，参见 5.2.1 中关于定性分析方法的介绍。

对于业务系统之间的关联、依赖性，我们可以按照如下的分类标准进行：

1 = 几乎没有依赖性；

2 = 提供非关键依赖性；

3 = 缺乏这些资源，自身的部分功能将不能正常运行；

4 = 缺乏这些资源，自身的重要功能将不能正常运行；

5 = 缺乏这些资源，自身功能完全不能运行。

（3）业务系统的恢复优先级

为了能够成功完成信息系统灾难恢复需求的分析，使制定的灾难恢复策略和灾难恢复预案更具操作性，在业务影响分析时必须明确各业务系统的恢复优先级。

在分析灾难恢复系统实际的需求时，一般从如下几个方面考虑业务系统的恢复优先级。

①服务客户群及影响；

②服务时间和响应要求；

③业务可替代性；

④业务系统之间的关联性；

⑤业务数据重要性。

通过业务影响分析，我们可以根据业务恢复需求和业务功能的相互依赖关系及程度，把各相应业务系统进行排列，得到一个恢复优先级，以决定如何制定灾难恢复预案并实施。一个银行业务系统恢复优先级分类的例子如表 5-3 所示。

（4）损失接受程度和衡量

分析团队通过业务影响分析，采用定性和定量的方法评估信息系统中断所造成的经济损失和非经济损失，经济损失包括直接经济损失和间接经济损失。

直接经济损失包括：

- 资产的损失；
- 收入的减少；

表 5–3　业务系统恢复优先级分类

业务系统名称		业务关键等级	恢复时间目标
第一恢复级别	业务系统 1	关键业务	<6 小时
	业务系统 2	关键业务	<6 小时
	业务系统 3	关键业务	<6 小时
第二恢复级别	业务系统 4	次关键业务	<24 小时
	业务系统 5	次关键业务	<24 小时
	业务系统 6	次关键业务	<24 小时
第三恢复级别	业务系统 7	非关键业务	<7 天
	业务系统 8	非关键业务	<7 天
	业务系统 9	非关键业务	<7 天
	业务系统 10	非关键业务	<7 天

- 额外费用的增加；
- 管理机构的罚款等。

间接经济损失包括：

- 丧失的预期收益；
- 丧失的商业机会；
- 影响的市场份额等。

如表 5–4 所示为一个用户信息系统中断，直接经济损失分析的例子。

表 5–4　用户信息系统中断直接经济损失分析

中断无形影响	中断时间	小于 10 万元	小于 50 万元	小于 100 万元	大于 100 万元
资产损失	4 小时	√			
	8 小时		√		
	24 小时		√		
	>24 小时		√		
收入减少	4 小时	√			
	8 小时	√			
	24 小时				√
	>24 小时				√
额外费用增加	4 小时	√			
	8 小时	√			
	24 小时	√			
	>24 小时	√			
管理机构罚款	4 小时	√			
	8 小时	√			
	24 小时	√			
	>24 小时	√			

定性分析信息系统中断所造成的非经济损失，包括如下方面：

- 社会影响；
- 政治影响；
- 社会形象及公关影响；
- 合作伙伴影响等。

如表 5-5 所示为一个用户信息系统中断，非经济损失分析的例子。

表 5-5　用户信息系统中断的非经济损失分析

中断无形影响	中断时间	无	较小	重要	严重	非常严重
社会影响	4 小时			√		
	8 小时				√	
	24 小时					√
	>24 小时					√
政治影响	4 小时			√		
	8 小时					√
	24 小时					√
	>24 小时					√
社会形象及公关影响	4 小时		√			
	8 小时			√		
	24 小时				√	
	>24 小时					√
合作伙伴影响	4 小时			√		
	8 小时				√	
	24 小时				√	
	>24 小时				√	

（5）确定所需最小恢复资源

根据业务影响分析的结果，决定了灾难恢复所需达到的指标，我们便可以按照成本风险平衡原则，对不同类别的业务系统分别制定最低等级的恢复策略和恢复预案，确定支持各种业务功能所需的信息系统资源和其他资源，包括基础设施、技术设施、主要设备以及人员队伍等恢复所需资源，避免投资的浪费，实现最大化的投资保护。

5.3.3　业务影响分析的结论要求

业务影响分析报告一般包括业务功能影响分析、业务功能恢复条件和业务功能分类等内容。

（1）业务功能影响分析

业务功能影响分析包括以下内容。

①哪种业务功能对于用户的整体战略而言是生死攸关的；

②该功能在多长时间内失效不会造成影响和损失；

③由于该功能的失效，用户的其他业务功能会受到何种影响，即运营影响分析；

④该功能的失效可能造成的收入影响，即财务影响分析；

⑤该功能是否会对客户关系造成影响，即客户信心损失分析；

⑥该功能是否会对单位在行业中的地位造成影响，即竞争力损失分析；

⑦该功能是否会影响今后市场机会的丧失；

⑧什么是最大的可承受的失效。

（2）业务功能的恢复条件（即灾难恢复资源分析，又称 Profile Analysis）

业务功能的恢复条件包括以下内容。

①要使该功能连续，需要哪些资源和数据记录；

②最少的资源需求是什么；

③哪些资源可能来自单位外部；

④它与单位其他功能的依赖关系以及依赖程度；

⑤单位的其他功能与该功能的依赖关系及程度；

⑥该功能与单位的外部业务、供应商、其他厂商的依赖关系及程度；

⑦在缺少试验环境的情况下进行恢复，需要采取哪些预防措施或检验手段。

（3）业务功能分类

①关键功能：如果这类功能被中断或失效，就会彻底危及单位的业务并造成严重损失；

②基础功能：这些功能一旦失效，将会严重影响单位长期运营的能力；

③必要功能：单位可以继续运营，但这些功能的失效会在很大程度上限制其效率；

④有利功能：这些功能对用户是有利的，但它们的缺失不会影响单位的运营能力。

5.4 需求分析的结论

根据前面的风险分析和业务影响分析，我们了解了单位所存在的各种风险及其程度，以及单位灾难恢复系统建设的需求、业务系统的应急需求和恢复先后顺序，完成了系统灾难恢复的各项指标。我们应当根据风险分析和业务影响分析的结论确定最终用户需求和灾难恢复目标，应该包括以下内容。

①灾难恢复范围：根据业务影响分析确定业务恢复范围，确定信息系统的恢复范围；

②灾难恢复时间范围：根据业务影响分析的结果，确定各系统的灾难恢复时间目标和恢复点目标；

③灾难恢复顺序要求：根据业务影响分析中业务恢复的优先级要求，结合各系统间的资源依赖关系，制定信息系统的恢复顺序和优先级关系；

④灾难恢复系统建设规划：根据灾难恢复范围、恢复时间目标和灾难恢复处理能力的要求，结合单位未来发展规划，制定灾难恢复系统建设的项目目标和时间进度目标。并按照进度要求合理规划预算投入。

第6章　灾难恢复策略的制定

6.1　成本效益分析

所谓成本效益分析就是将投资中可能发生的成本与效益归纳起来，利用定量或定性分析方法计算成本和效益的比值，从而判断该投资项目是否可行。成本效益是一个矛盾的统一体，二者互为条件、相伴共存又互相矛盾，此增彼减。从事物发展规律来看，任何事情都存在成本效益。成本大致可划分两个层次：一个是直接的、有形的成本；另一个是间接的、无形的成本。效益也包含两个层次：一个是直接的、有形的效益；另一个是间接的、无形的效益。

例如，某公司要购买一批新车，指望这些车辆给更多的顾客，以更快的速度运送更多的货物。关键的问题是，这笔投资将增加多少利润？借助传统的财务方法，有关部门可以进行相当精确的预测，包括一次性购买成本、每年新增的人员开支、每年新增的维护费用、每年新增的折旧和每年新增的预期收入等。可以据此计算出每年的投资回报率以及收回投资的时间等。如果需要，还可以评价同样的投资在银行、股票或者其他投资项目中的回报测算，并最终给出投资评估的建议，这样就更容易通过预算审查。然而，IT 投资却没这么简单。很少有 CIO 能对 IT 投资给出类似的数据。

"在今天的经济环境下，CIO 承受着巨大的压力：他们要说明预算的合理性，还要对那些并不明显的回报进行评估。"Alinean 顾问公司总裁兼 CEO、评估顾问 Thomas Pisello 说。

让 IT 价值显现出来，需要一种合理的评估方法，把 IT 投资对单位的财务贡献识别出来。采用过评估方法的 CIO 们说，IT 评估模型可以帮助他们在 IT 和商业战略之间、技术驱动和股东价值之间建立直观的联系，而且方便和 CFO 的沟通。这样，可以帮助他们最终获得更多的 IT 投资，并且花在更有价值的地方。

6.1.1　成本效益分析的方法

灾难恢复建设首先是单位建设的一个组成部分，它通常是以项目的方式进行。我们可以按照项目管理的成本效益分析方法对灾难恢复建设进行成本效益分析。但是灾难恢复建设又有自己的特点，信息系统灾难恢复建设内容包含灾难备份系统、支持维护体系和灾难恢复管理制度等，它比通常的信息系统建设更为全面。灾难恢复建设的价值实现是在灾难发生时体现的，具体的体现时间是不确定的，这和绝大部分信息系统建设项目从投产时就产生效益有较大的区别。因此，对于灾难恢复建设的效益分析也与通常的信息系统建设有很大的不同。

传统成本效益分析中通常只需要分析成本和收益；在新的成本效益分析体系中，加入了对项目风险的关注。

项目效益 = 收益-成本

项目效益 = （收益-成本）× 风险系数（成功概率）

通过成本效益分析，我们可以在不同的方案间进行比较和选择，选择对单位最有利的投资方案。

在信息技术系统项目中，常用的成本效益分析方法可以划分为 3 类：传统财务方法、定性方法（也叫启发式方法）和概率方法。不管采用哪种方法，评估的最终目的是唯一的，即在 IT 投资和单位盈利之间建立直接的关联。

传统财务方法是成本效益分析中历史最悠久也是最常用的一类分析方法，它脱胎于投资项目分析，将 IT 项目作为一种投资来分析成本的构成和效益的产出，计算具体的量值并依此给出比较结果。方法间不同之处在于对成本、效益和项目风险的估算方式。在信息技术领域比较常用的是总体拥有成本 TCO。TCO 方法的主要优点是不单纯评估项目的静态成本，同时考虑整个产品服务生存期内的所有费用，不仅包括开发、采购、运输、安装和调试的显性成本，还包括修理、维护和操作人员等可能发生的隐性成本。对那些喜欢 TCO 方法"铁面无私"特点的技术经理们，TCO 已经成为他们生活的重要内容。TCO 在现行成本对比分析方面很出色，是评估和控制 IT 开销的良好手段。但是，TCO 不能评估风险，也不能就如何把技术与战略、竞争性商业目标结合起来提供指导。

定性方法有时被称为启发式方法，旨在用主观的、定性的指标评价人员和流程的价值，对定量方法是有益的补充。对于大部分单位而言，信息技术系统的投入不能带来直接的经济利益，而传统财务方法往往很难精确衡量收益部分，可采用主观评价体系，通过记分卡、配比组合和综合评价等方式对收益和风险进行综合评价。

概率论方法运用统计和数学模型测量一定概率范围内的风险。概率论方法对于希望得到量化结果的用户是具有吸引力的。它通过运用统计样本和数学模型计算隐性收益和风险，为使用者提供较精确的数量结果。但是，概率论方法必须得到统计样本和数学模型的支持；而对于特定的单位而言，要得到一个可用的较精确的结果，统计样本和数学模型都必须定制，除了对于专业技能的要求外，无论从时间上还是成本上都是相当可观的，这限制了概率论方法的运用。

常用的成本效益分析方法见 6.1.2 中内容。

到底应该选择哪种价值评估方法呢？评估者除了考虑方法本身的特点外，还应当考虑评估者自己以及单位运作方式的影响。

下面对灾难恢复成本分析进行说明。

（1）灾难恢复成本 = 恢复速度 × 恢复的完整性 × 防范风险的范围和等级

其中，恢复速度是指在业务发生中断后重新恢复并提供相关服务所需的时间，一般以 RTO 表示，恢复速度越快，所需成本越高。恢复的完整性包括恢复功能的完整性、恢复数据的完整性和恢复能力的完整性。恢复的功能越完整，恢复过程中数据丢失越少，恢复后的处理能力越大，则成本越高。防范风险覆盖的范围越大，风险类别越多，防范风险等级越高，则成本越高。

（2）灾难恢复成本效益合理区间

在灾难发生时，业务中断所造成的损失是一个与时间有关的变量。随着业务中断时间的延长，损失大小呈指数曲线上升。根据国外的统计数字，一个单位如果发生业务中断超过 14 天，那么它会在一年后倒闭的可能性具有 70%。而恢复成本却随着恢复时间指标要求的下降而呈指数曲线下降。在这两条曲线的交叉点附近就是我们追求的恢复时间目标，恢复成本的合理区间。

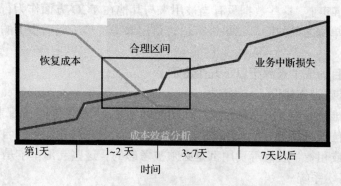

图 6-1　灾难恢复成本效益分析

这两个灾难风险的成本效益分析模型包含的因素并不完整，具体的参数和曲线也很难量化，但是为方案选择和合理性可行性分析提供了一个可以借鉴的方法。

综上所述，成本效益分析中成本、效益和风险（项目本身的风险，不是单位风险）是成本效益分析中的 3 个重要因素，我们前面介绍了几种成本效益分析的方法，在成本、效益和风险的分析过程中各有特点，没有哪一种方法是最好的，我们应该根据实际的情况选择最合适的方法。

6.1.2　成本效益分析的内容

下面，我们将罗列一些在分析灾难恢复项目建设的成本效益时，应该关注的几个方面。

6.1.2.1　成本

在进行成本分析的时候我们可以借鉴总体拥有成本（TCO）的方法。IT 环境日益增长的复杂程度使得 TCO 模型面向的是一个由分布式的计算、服务台、应用解决方案、数据网络、语音通信、运营中心以及电子商务等构成的 IT 环境。TCO 同时也度量这些设备成本之外的因素，如 IT 员工的比例、特定活动的员工成本和信息系统绩效指标等，终端用户满意程度的调查也经常被包含在 TCO 的标杆之中。这些指标不仅支持财务上的管理，同时也对其他与服务质量相关的改进目标进行合理性考察和度量。在大多数 TCO 模型中，以下度量指标中的基本要素是相同的。

（1）直接成本，包含在传统的 IT 预算中，包括：

- 硬件与软件；
- 运营；
- 管理等。

（2）间接成本，由 IT 用户产生的成本，包括：

- 宕机时间；
- 终端用户运营等。

通过 TCO 的分析，我们可以发现：IT 的真实成本平均超出购置成本的 5 倍之多，其中大多数的成本并非与技术相关，而是发生在持续进行的服务管理的过程中。TCO 会产生一个与单位成本相关的由货币度量的数值。许多单位希望能将自己的成本信息与其他同类单位进行比较。事实上，这些数据只有当被用来与其他在 TCO 方面作为行业标杆的单位进行比较，或与本单位之前的度量结果进行比较得出取得进步（或退步）的结论时才能发挥其真正的作用。

灾难恢复项目的成本来源于以下几个方面。

（1）备用基础设施建设

作为提供灾难恢复服务的基础设施，在功能区划分、环境控制、安保监控、电力保障、通信保障和地理位置选择等方面都有较高的要求。不论是采取租用还是自建，备用基础设施的选择、建设或租赁、装修等费用都是必须被考虑的。这些支出基本是一次性的。

（2）数据备份系统

数据备份系统是灾难恢复项目的核心服务内容，是保证数据安全性、完整性和有效性的关键环节。相关的存储设备、专用网络设备、主机设备、备份软件和应用软件等的设计、采购、安装、集成和培训费用也是灾难恢复项目成本必不可少的一个组成部分。这些支出除了数据复制线路的租用外，其他基本上是一次性的。

（3）备份数据处理系统

备份数据处理系统是在灾难发生后，灾难备份中心能够继续提供数据处理服务的必要保证。根据灾难恢复项目的建设目标的不同，备份数据处理系统建设并不是灾难恢复项目必需的组成部分。备份数据处理系统根据目标和具体应用体系的不同可能包含主机、存储、专用网络、系统软件和应用软件等设备。这些费用基本上是一次性的。

（4）备用网络系统

备用网络系统主要是用来支持在生产中心或生产网络发生故障后，最终用户访问灾难备份中心或生产中心的备用网络。备用网络系统建设包括：网络设备、线路铺设、线路租用和管理软件等的安装、集成和培训等。根据灾难恢复建设的需求和目标的不同，可能不包含备用网络系统的建设。其中设备和软件的采购安装费用基本上是一次性的，但是备份网络线路的租用将是长期连续性的。

（5）技术支持能力

灾难恢复系统是一个建设门类齐全的项目，包含了基础设施工程，主机和网络等各种硬件，备份管理、操作系统、数据库和应用系统等各种软件。保障这些基础设施和软硬件系统的长期稳定运行，长期可靠的技术支持是必不可少的。技术支持能力可以通过购买厂商服务的方式获得，也可以通过建立技术支持团队来获取；更多的情况下，是两种情况的综合。不论采取什么方式取得长期可靠的技术支持能力，都必然需要费用上的付出。这种支出将是连续性的。

（6）运行维护管理

能够长期有效地保证对生产系统的恢复功能，是灾难恢复系统的基本使命。为了达到这个目标，灾难恢复系统必须有一个高效、可靠的运行维护体系。灾难恢复系统的数据要与生产系统保持一致，在生产系统发生技术架构调整、软/硬件配置调整、应用系统程序变更时灾难恢复系统也必须做出相应调整。作为一套长期处于运行就绪状态或运行准备状态的系统，还必须对运行过程中发生的问题进行及时的处理以保证灾难恢复系统的随时可用。专业运行维护管理人员须提供 5×8 或 7×24 不间断的服务，这是一个连续性的成本投入。

（7）灾难恢复预案制定

灾难恢复预案是根据用户需求目标，结合已经制定的灾难恢复策略，在灾难发生时具体指导相关人员执行恢复动作的计划。灾难恢复预案的制定和执行跨越了从主机、网络、存储到电力、空调和消防等多个技术学科，跨越了从单位主管、信息技术到财务、后勤支持等多个部门。灾难恢复预案制定的本身就是一个复杂的系统工程，必须组建专门的团队或者由第三方的专业公司提供咨询服务。同时，灾难恢复预案还必须随着单位的发展、技术的进步、人员的调整、策略的改变定期或不定期地进行更新调整。不论采取什么方式，投入的人员与时间也是灾难恢复项目必须考虑的成本。

通过以上分析，我们可以采用 TCO 的方式，全面考虑一次性投入和在可预期的时间内的连续性投入，可以对灾难恢复项目在一定时间周期内的成本构成和金额得出较可靠的结论。

6.1.2.2　效益

在成本效益分析中，效益的构成由两个组成部分，效益 = 成本的减少+收益的增加。

在灾难恢复项目的建设过程中，效益分析是一个比较困难的事情。首先，效益分析中收益的增加部分往往是难以度量的预期值，比如单位信用度的提升、用户忠诚度的提高和单位长期可持续发展能力的提升等，这些价值的提升往往带有不确定性，具体的价值也很难量化估算。其次，成本的减少效果不明显，从显性的效果来看还会带来经营成本的增加（连续性的投入）。但是，如果我们将单位的业务中断损失作为成本的一个组成部分，那么灾难恢复项目能够带来的损失减少的效果是显而易见的。在数理统计中，有一条重要的统计规律：假设某意外事件在一次实验中发生的概率为 P（$P>0$），则在 n 次实验中至少有一次发生的概率为：$P_n=1-(1-P)^n$。由此可见，无论概率 P 多么小，当 n 越来越大时，P_n 越来越接近 1，从而说明事故将来必定发生。在单位长期风险不受控的情况下，长期风险损失的累积爆发完全可以将一个单位拖入万劫不复的深渊。对于灾难恢复项目可能给单位带来的收益及其关键性程度可以通过业务影响分析得出。

业务影响分析描述了哪些业务对于单位的生存至关重要，这些业务能够容忍多大程度的中断或停止响应以及发生中断后会对单位造成多大的损失等。通过这些描述，我们就可以认识甚至量化单位的长期风险损失的范围、程度和概率，以及我们通过灾难恢复项目可以在多大程度上避免这些损失。

在进行业务影响分析的时候我们必须注意，对于业务中断带来的损失的大小和范围是一个和中断时间相关的变数。随着业务中断时间的延长，业务中断所带来的损失呈指数曲线上升，当业务中断时间超过某个阈值，单位将面临倒闭的风险。

6.1.2.3　风险

任何项目都可能存在失败的风险，灾难恢复项目也是一样，我们已经看到了很多这样的案例。对单位需求把握得不准确，对风险防范范围掌握得不全面，运维和技术支持投入力量不足，备份恢复技术方案存在缺陷，没有恢复预案或者没有足够的演练，都可能导致在灾难性事件真正发生时灾难恢复系统不能起到应有的作用。项目风险的大小对于项目成本效益分析也是至关重要的要素，我们可以认为：项目真实成本＝项目可见成本×风险系数。风险系数越大，项目的真实成本越高，风险系数的比较对于不同项目实现方式的成本效益的比较分析具有重要的参考意义。

灾难恢复项目的风险可能来自以下几个方面。

（1）认知风险

认知风险是对项目威胁最大的风险，如果对项目的需求和目标发生认知错误或者偏差，那么整个项目无论如何运作都不可能取得最后的成功。在灾难恢复的建设过程中，需求分析、灾难恢复策略制定阶段是可能存在认知风险最大的阶段。借鉴其他机构或者专业厂商提供的成熟经验和方法可以最大限度地减少认知风险。

（2）技术风险

在开发实施阶段，应尽量选择灾难恢复领域中成熟的技术、产品和技术实现方案，以降低可能的技术风险。灾难恢复项目对可靠性的要求极高，是整个信息系统的最后一道防线。如果可能，应事先进行技术和设备的模拟测试，将技术风险减至最低。

（3）操作风险

在项目的实施阶段，应保持对项目的控制，包括成本控制、计划控制和质量控制，及时发现差异、跟踪差异并解决差异，避免项目的进度和质量失控而威胁项目的成功。

（4）外部风险

灾难恢复、业务连续性在很多国家都已经形成了标准、规范、行业准入制度甚至是国家法律的要求。灾难恢复项目的建设目标和成果必须符合相关的规范和法律要求（部分海外上市公司应同时遵循国外的相关法律法规要求）。在项目的规划期间充分了解所在地、本行业的相关法律法规要求也是灾难恢复项目避免外部风险的必要举措。

6.2 灾难恢复资源

支持灾难恢复所需的资源可分为如下几个要素。

①数据备份系统：一般由数据备份的硬件、软件和数据备份介质（以下简称介质）组成，如果是依靠电子传输的数据备份系统，还包括数据备份线路和相应的通信设备。

②备用数据处理系统：指备用的计算机、外围设备和软件。

③备用网络系统：最终用户用来访问备用数据处理系统的网络，包含备用网络通信设备和备用数据通信线路。

④备用基础设施：灾难恢复所需的、支持灾难备份系统运行的建筑、设备和组织，包括介质的场外存放场所、备用的机房及灾难恢复工作辅助设施，以及容许灾难恢复人员连续停留的生活设施。

⑤专业技术支持能力：对灾难恢复系统的运转提供支撑和综合保障的能力，以实现灾难

恢复系统的预期目标。包括硬件、系统软件和应用软件的问题分析和处理能力、网络系统安全运行管理能力以及沟通协调能力等。

⑥运行维护管理能力：包括运行环境管理、系统管理、安全管理和变更管理等。

⑦灾难恢复预案。

6.3　灾难恢复等级

6.3.1　灾难恢复 SHARE78 的 7 级划分

1992 年 Anaheim 的 SHARE78，M028 会议的报告中提出了异地远程恢复的 7 级划分，即从低到高有 7 种不同层次的灾难恢复解决方案。

可以根据企业数据的重要性以及你需要恢复的速度和程度，来设计选择并实现你的灾难恢复计划。这取决于下列要求：

- 备份/恢复的范围；
- 灾难恢复计划的状态；
- 应用中心与备份中心之间的距离；
- 应用中心与备份中心之间是如何相互连接的；
- 数据是怎样在两个中心之间传送的；
- 有多少数据被丢失；
- 怎样保证更新的数据在备份中心被更新；
- 备份中心可以开始备份工作的能力。

在 SHARE 78 中的灾难恢复 7 级划分如下所述。

（1）0 层（Tier0）——没有异地数据（No off-site Data）

Tier0 即没有任何异地备份或应急计划。数据仅在本地进行备份恢复，没有数据送往异地。事实上这一层并不具备真正灾难恢复的能力。

（2）1 层（Tier1）——PTAM 卡车运送访问方式 （Pickup Truck Access Method）

Tier1 的灾难恢复方案必须设计一个应急方案，能够备份所需要的信息并将它存储在异地。PTAM 指将本地备份的数据用交通工具送到远方。这种方案相对来说成本较低，但难于管理。

（3）2 层（Tier2）——PTAM 卡车运送访问方式+热备份中心 （PTAM + Hot Center）

Tier2 相当于 Tier1 再加上热备份中心能力的进一步的灾难恢复。热备份中心拥有足够的硬件和网络设备去支持关键应用。相比于 Tier1，明显降低了灾难恢复时间。

（4）3 层（Tier3）——电子链接 （Electronic Vaulting）

Tier3 是在 Tier2 的基础上用电子链路取代了卡车进行数据的传送的进一步的灾难恢复。由于热备份中心要保持持续运行，增加了成本，但提高了灾难恢复速度。

（5）4 层（Tier4）——活动状态的备份中心 （Active Secondary Center）

Tier4 指两个中心同时处于活动状态并同时互相备份，在这种情况下，工作负载可能在两个中心之间分享。在灾难发生时，关键应用的恢复也可降低到小时级或分钟级。

（6）5 层（Tier5）——两个活动的数据中心，确保数据一致性的两阶段传输承诺（Two-Site Two-Phase Commit）

Tier5 则提供了更好的数据完整性和一致性。也就是说，Tier5 需要两中心与中心的数据都被同时更新。在灾难发生时，仅是传送中的数据被丢失，恢复时间被降低到分钟级。

（7）6 层（Tier6）——0 数据丢失 （Zero Data Loss），自动系统故障切换

Tier6 可以实现 0 数据丢失率，被认为是灾难恢复的最高级别，在本地和远程的所有数据被更新的同时，利用了双重在线存储和完全的网络切换能力，当发生灾难时，能够提供跨站点动态负载平衡和自动系统故障切换功能。

6.3.2　灾难恢复的 RTO/RPO 指标

在灾难恢复领域中，除了等级划分，还提供了两个用于定量化描述灾难恢复目标的最常用的恢复目标指标——RTO（恢复时间目标）和 RPO（恢复点目标）。

①恢复点目标（Recovery Point Objective，RPO），它的定义是灾难发生后，系统和数据必须恢复到的时间点要求。它代表了当灾难发生时允许丢失的数据量。

②恢复时间目标（Recovery Time Objective，RTO），它的定义是灾难发生后，信息系统或业务功能从停顿到必须恢复的时间要求。它代表了系统恢复的时间。

RTO（恢复时间目标）和 RPO（恢复点目标）一起，帮你确定了灾难恢复时间范围的灾难恢复目标。

6.3.3　我国灾难恢复等级划分

在国家标准《信息安全技术　信息系统灾难恢复规范》（GB/T 20988—2007）中，根据上述 7 个要素所达到的程度，对信息系统的灾难恢复等级进行了如下的定义。

（1）第 1 级：基本支持

在第 1 级中，每周至少做一次完全数据备份，并且备份介质场外存放；同时还需要有符合介质存放的场地；单位要制定介质存取、验证和转储的管理制度，并按介质特性对备份数据进行定期的有效性验证；单位需要制定经过完整测试和演练的灾难恢复预案。

（2）第 2 级：备用场地支持

第 2 级相当于在第 1 级的基础上，增加了在预定时间内能调配所需的数据处理设备、通信线路和网络设备到场的要求；并且需要有备用的场地，它能满足信息系统和关键功能恢复运作的要求；对于单位的运维能力，也增加了具有备用场地管理制度和签署符合灾难恢复时间要求的紧急供货协议。

（3）第 3 级：电子传输和部分设备支持

第 3 级相对于第 2 级的备用数据处理系统和备用网络系统，要求配置部分数据处理设备、部分通信线路和网络设备；要求每天实现多次的数据电子传输，并在备用场地配置专职的运行管理人员；对于运行维护支持而言，要求具备备用计算机处理设备维护管理制度和电子传输备份系统运行管理制度。

（4）第 4 级：电子传输及完整设备支持

第 4 级相对于第 3 级中的部分数据处理设备和网络设备而言，需配置灾难恢复所需要的全

部数据处理设备、通信线路和网络设备，并处于就绪状态；备用场地也提出了支持 7×24 小时不间断运行的高要求；同时，对技术支持人员和运维管理要求也有相应的提高。

（5）第 5 级：实时数据传输及完整设备支持

第 5 级相对于第 4 级的数据电子传输而言，要求采用远程数据复制技术，利用网络将关键数据实时复制到备用场地；备用网络应具备自动或集中切换能力；备用场地有 7×24 小时不间断专职数据备份、硬件和网络技术支持人员，具备较严格的运行管理制度。

（6）第 6 级：数据零丢失和远程集群支持

第 6 级相对于第 5 级的实时数据复制而言，要求实现远程数据实时备份，实现零丢失；备用数据处理系统具备与生产数据处理系统一致的处理能力并完全兼容，应用软件是集群的，可以实现实时无缝切换，并具备远程集群系统的实时监控和自动切换能力；对于备用网络系统的要求也加强，要求最终用户可通过网络同时接入主、备中心；备用场地还要有 7×24 小时不间断专职操作系统、数据库和应用软件的技术支持人员，具备完善、严格的运行管理制度。

从上述等级划分中可以看出，不管灾难恢复的等级高低如何，经过完整测试和演练的灾难恢复预案都是必需的，它也是信息系统灾难恢复系统能否成功的关键。

根据这 7 个要素达到的水平，可以判断一个单位所实施的灾难恢复能够达到的等级。一般来讲，灾难备份中心的等级等于其可以支持的灾难恢复最高等级。

信息系统所要达到的灾难恢复等级，对于不同的行业，并没有强制标准，不同的行业及用户，可根据自身的行业业务种类和特点，选择适合自身的灾难恢复等级。我们以银行业为例来进行说明：银行综合风险分析结论、中断损失影响程度以及业务功能对恢复时间要求的敏感程度对信息系统进行分类，并确定这几类系统的灾难恢复最低恢复要求，对照《信息安全技术　信息系统灾难恢复规范》（GB/T 20988—2007），可以得知这几类信息系统所要达到的灾难恢复等级。

6.4　同城和异地

在灾难备份中心选址时，生产中心与灾难备份中心的距离也必须被考量。采用同城灾难备份中心模式还是异地灾难备份中心模式，需要根据单位战略与业务需求而定，这两种模式的含义及优缺点比较如表 6-1 所示。

表 6-1　同城和异地灾难备份中心的比较

	同　城	异　地
含义	灾难备份中心与生产中心处于同一区域性风险威胁的地点，但又有一定距离的地点。例如，在数十千米以内，可实现数据同步复制的区域	灾难备份中心不会同时遭受与生产中心同一区域性风险威胁的地点。例如，距离生产中心在数百千米以上
优点	技术上可以支持同步的数据实时备份方式；运营管理和灾难演练比较方便	对地震、地区停电、战争等大规模灾难防范能力较强
缺点	抵御灾难能力方面有局限性，对地震、地区停电、战争等大规模灾难防范能力较弱	技术上只能支持异步的数据实时备份方式；运营管理和灾难演练不方便

如果希望做到备份数据的同步实时传输，在现有的技术水平下，生产中心与备份中心的距离不能超过数百千米，而异地灾难备份中心的距离一般均超过数百千米，因此异地的数据备份只能选择异步实时传输。当然，这不是说同城的数据备份一定要采用同步实时的传输方式，根据自己业务的需求，也可以采用异步实时传输和批量传输方式。随着技术的发展，异地的数据备份也可能实现同步实时传输。

6.5 灾难恢复策略的制定方法

灾难恢复策略是一个单位为了达到灾难恢复的需求目标而采取的途径，它包含实现的计划、方法和可选的方案。灾难恢复策略是基于单位对于灾难恢复需求确切了解的基础上做出的，其根本目的是为了达到在灾难恢复需求中描述的实现目标。灾难恢复策略是指导整个灾难恢复建设的纲领性文件，描述了灾难恢复需求的实现步骤和实现方法。

在制定建设目标和实施策略的过程中，我们可以参照《信息安全技术 信息系统灾难恢复规范》（GB/T 20988—2007）中灾难恢复等级的划分。既可以根据需求先确定灾难恢复的等级，再分别描述各个要素需要达成的目标和实现方法；也可以根据用户的需求，先确定各个要素需要达成的目标，再确定达成的灾难恢复等级。这两种方式都是可行的，也各有特点。

在目前的情况下，大多数单位没有灾难恢复建设经验，通过业务恢复需求直接描述各要素应该满足的条件、建设要点和建设方式比较困难，但是根据等级划分的基本描述确定本单位所需的灾难恢复等级相对较容易。这种情况下，单位可以先根据业务恢复需求确定灾难恢复系统建设等级，再对照灾难恢复等级对各个要素的要求描述灾难恢复实施策略。对大多数单位而言，这是比较容易操作的模式。但是，这样定义的实施策略还必须重新根据业务恢复要求逐项地进行审核和调整，以便在更大程度上符合单位的实际情况。

如果已经全面掌握了本单位的需求，了解灾难恢复各个要素的建设特点和技术环境，也可以从单位的恢复需求出发，逐项确定灾难恢复各个要素的建设要求和实现方式。实际上各单位的情况和信息系统的应用模式都有很大的不同，灾难恢复 6 个等级对各个要素的要求也不是必须一一对应的，而且同一个灾难备份中心也可以同时支持不同等级的灾难恢复需求，所以灾难恢复等级的确定有两个基本原则，即：

- 要达到某个灾难恢复等级，应同时满足该等级中 7 个要素的要求；
- 灾难备份中心的等级等于其可以支持的灾难恢复最高等级。

简单地说，第一原则是"就低不就高"，也就是说，灾难恢复等级的评定是以所有 7个要素中满足要求最低的要素对应的等级为准的；第二个原则是"就高不就低"，对于可以同时满足几个灾难恢复等级的灾难备份中心，按照能够满足的最高等级评定灾难备份中心的等级。

针对灾难恢复的需求开发灾难恢复的策略。灾难恢复需求分析中已经对恢复的范围，需要防范的风险的范围、等级，恢复的时间目标要求，恢复的数据完整性要求，恢复的处理能力要求，恢复优先级等做出了说明。灾难恢复策略必须回答采用什么样的方式来满足恢复需求目标，明确在上文中提到的 7 个要素（数据备份系统、备用基础设施、备份数据处理系统、备用网络系统、技术支持能力、运行维护管理能力和灾难恢复预案）如何获取，达到什么样的程度等。

灾难恢复的最终目标不仅是恢复信息系统，最关键的目的是保障业务运作的连续。信息系统是业务运作的服务保证和支持系统，我们在考虑灾难恢复策略时应当全面考虑单位的业务特点和行业法律要求，保证制定的灾难恢复策略能够经得起时间和意外事件的考验。在考虑业务特点的时候通常考虑以下情况，例如，服务用户数量、服务用户分布、提供服务的类型和周期、用户取得服务的方式和频度、服务的关键度和服务承担的法律义务等。

第 7 章　灾难备份中心的选择和建设

7.1　选址原则

《信息系统灾难恢复规范》中关于灾难备份中心选址问题有如下叙述："选择或建设灾难备份中心时，应根据风险分析的结果，避免灾难备份中心与生产中心同时遭受同类风险。灾难备份中心还应具有方便灾难恢复人员或设备到达的交通条件，以及数据备份和灾难恢复所需的通信、电力等资源。"

因此，灾难备份中心的选址应遵循以下主要原则。

（1）策略性

首先，明确对灾难备份中心的定位，即灾难备份中心的建设目的是防范什么样的灾难事件，在灾难发生的时候又能够提供何种服务。根据定位的不同，在中心选址时应采取不同的策略，例如，灾难备份中心要在局部战争条件下提供服务，选址时就不能靠近军事目标或准军事目标。

（2）风险性

选择或建设灾难备份中心时，要注意备选的场址所包含的风险是否在单位所容忍的风险范围之内，或者是否符合所制定灾难恢复规划或业务连续计划的要求。例如，考虑生产中心与灾难备份中心之间应保持适当的距离，避免因同一灾难导致两个中心同时处于灾难事件当中。

（3）科学性

选择或建设灾难备份中心时，应对备选的场址进行相关的场地风险分析，科学、全面地评价各备选的场址。

（4）适合性

对于选定的场址而言，首先，要符合 GB/T 2887—2000《电子计算机场地通用规范》的要求；其次，要关注场址周边环境、地质地理条件、市政配套条件、电力供应条件以及通信服务商所能提供的服务能力等诸多因素，判断是否适合建设灾难备份中心。

（5）便捷性

对于灾难备份中心，其周边应有多条道路用于保证相关人员和物资能顺利、快速到达。

7.2　灾难备份中心基础设施的要求

7.2.1　基础设施涵盖的范围

备用基础设施是灾难恢复所需的、支持灾难备份系统运行的建筑、设备，包括介质的场外存放场所、备用的机房及工作辅助设施，以及允许灾难恢复人员连续停留的生活设施。按照工作性质可以将其分为工作设施、辅助设施、生活设施 3 个部分。

表 7-1　备用基础设施分类

设施类型	设施名称	说　明
工作设施	信息系统工作设施	位于灾难备份中心的核心区域的信息系统设备及相关配套设备，主要包括：计算机机房、主操作室、通信机房、介质机房和信息系统设备测试维修机房等
	保障系统工作设施	位于灾难备份中心的保障设备区域，用来保障灾难备份中心 7×24 小时连续运行的设施，主要包括：供配电设施、空调暖通设施、给排水设施、消防设施、监控设施和货运设施等
辅助设施	灾难备份中心辅助设施	用于灾难备份中心运行所需的配套设施，主要包括：灾难备份中心办公室、会议室、资料室、值班室、仓库、客户接待室、客户休息室、客户活动区域、停车场和货物装卸区等
	灾难恢复辅助设施	灾难备份中心中提供灾难恢复用途的设施，主要包括：灾难恢复指挥中心、灾难恢复座席区、办公区、新闻发布中心（多媒体室）、会议室和打印传真室等
	灾难恢复培训设施	灾难备份中心中提供用于灾难恢复或业务连续性培训的设施，主要包括：培训教室、模拟演练室和培训人员办公室等
生活设施	保障人员生活设施	提供给灾难备份中心 7×24 小时连续运行而配备的人员生活所必需的设施，主要包括：宿舍、食堂、健身房、阅览室等生活设施
	灾难恢复人员生活设施	提供给灾难恢复或灾难恢复培训人员所需要的生活设施，主要包括：客房和食堂等生活设施

7.2.2　基础设施规划原则

（1）经济性

根据灾难恢复或业务连续计划的需求不同，选择或建设灾难备份中心时应根据实际情况，给出适当的基础设施规划，降低成本。

（2）空间性

根据灾难恢复或业务连续计划的需求和面临的风险不同，针对灾难备份中心的特点应留有足够预留空间，避免由于预留空间不足影响到灾难备份中心正常运行。例如，由于货运通道过于狭窄，导致某些特定设备不能顺利搬运。

（3）可靠性

根据灾难备份中心的特点，规划时应注重基础设施的可靠性，尽量避免由于单故障点造成的风险。

（4）低调性

应考虑周边环境，不宜采用比较醒目的方式强调灾难备份中心，避免在特定条件下成为公众普遍关注的焦点，宜采用融入周边环境的方式。

（5）合理性

应充分考虑各类设施之间的相互关系，合理布置，留有足够的扩展空间。

（6）管理性

应注重采用易于管理的技术或方法，提高灾难备份中心的工作效率，增强管理能力。

7.2.3 主要基础设施的建设要点

（1）建筑物

选择或建设灾难备份中心时，主体建筑物应满足以下要求：

①甲类建筑物，其抗震设防能力比国家规定的设计规范要求高一个等级；

②注重当地气象因素，避免灾害性天气对建筑物或内部设施造成损失；

③关注建筑物各楼层的承重能力，工作设施区域的承重力至少要达到 $600kgf/m^2(6kPa)$；

④了解建筑物各楼层的层高，合理进行选择、规划和使用；

⑤明确供电、给排水、通信条件等资源情况，分析同灾难恢复或业务连续性需求之间的差异。

（2）工作设施

工作设施是备用基础建设中最重要的部分，包括信息系统工作设施和保障系统工作设施。信息系统工作设施是所有备用基础建设中最核心的部分，而保障系统工作设施是灾难备份中心 7×24 小时连续正常运行的重要保障。

进行信息系统工作设施选择或建设时，需要考虑到装饰、电力、空调、消防和场地环境监控等要点。

①装饰：所有装饰材料应是不燃、难燃或者阻燃的，装饰层面材料的外表面平滑且不易积灰尘，无关的管线和桥架不能进入机房；

②电力：对于信息系统而言，需要一个独立的、可靠的、稳定的电力供应系统，不能与其他的用电设备或装置共用同一路电源；

③空调：空调系统必须独立地运行，能够自动地将温度和湿度控制在特定的范围，保持正压并保持洁净度；

④消防：要将火灾对信息系统运行的伤害减到最少，消防系统必须能够自动地监控场地状况，当设定条件符合时立即有效灭火；

⑤场地环境监控：监控系统应能有效地对机房内的环境条件、设备运行情况、安全情况等诸多因素进行有效监控，一旦发现情况能立即向有关人员报警，并提供基本记录供解决故障时使用。

第8章 灾难备份系统技术方案的实现

数据的有效保护是容灾的关键，谈到数据备份技术，我们首先要对数据进行一个简单的分析。

从数据用途角度来说，一般可将需要备份的数据分为系统数据、基础数据、应用数据和临时数据。

（1）系统数据

系统数据主要是指操作系统、数据库系统安装的各类软件包和应用系统执行程序。系统数据在系统安装后基本上不再变动，只有在操作系统、数据库系统版本升级或应用程序调整时才发生变化。系统数据一般都有标准的安装介质（如软盘、磁带和光盘）。

（2）基础数据

基础数据主要是指保证业务系统正常运行所使用的系统目录、用户目录、系统配置文件、网络配置文件、应用配置文件、存取权限控制等。基础数据随业务系统运行环境的变化而变化，一般作为系统档案进行保存。

（3）应有数据

应用数据主要是指业务系统的所有业务数据，对数据的安全性、准确性、完整性、一致性要求很高，而且变化频繁。

（4）临时数据

临时数据主要是指操作系统、数据库产生的系统运行记录、数据库逻辑日志和应用程序在执行过程中产生的各种打印、传输临时文件，随系统运行和业务的发生而变化。

从各种数据的数据量增长、数据变化频率等方面考虑，应用数据、临时数据、基础数据、系统数据都具有不同的特点，如图 8-1 所示。

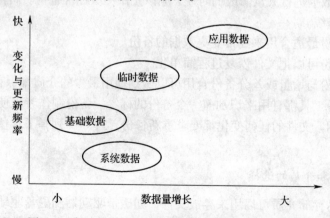

图 8-1 各种数据的数据量增长及变化频度关系示意图

8.1 数据备份技术基础

不仅仅是灾难管理工作的需要，对于信息安全人员而言，信息安全最常用的一个口号是："第一是备份、其次是备份，最后仍是备份。"当你的数据资源由于灾难、病毒、黑客攻击、误操作以及硬件故障等遭到损失、破坏和毁坏时，备份是你最后也是唯一的办法。备份在信息安全领域里无论怎么强调都不过分。因此在灾难恢复管理技术考虑中，我们首先将讨论备份技术。

在深入讨论备份技术前，我们必须强调备份的另一项重要工作，这就是必须测试备份以证明其可靠和可用。测试备份意味着从备份介质中恢复数据以验证恢复可以完成。如果没有测试你的恢复过程，那么不能保证你的备份是成功的。

8.1.1 备份技术概述

在备份技术概述中，我们将讨论主要的备份类型、存储备份设备和介质的选择和远程存储考虑等问题。

8.1.1.1 备份类型

在备份技术中，有3种主要的备份类型。

（1）全备份

所谓全备份就是对整个系统所有文件进行完全备份，包括所有系统和数据。

（2）增量备份

所谓增量备份就是每次备份的数据只是相当于上一次备份后增加和修改过的数据。

（3）差分备份

所谓差分备份就是每次备份的数据是相对于上一次全备份之后新增加和修改过的数据。

这3种备份方式都各有优缺点，在实际工作中，我们需要根据自己的备份需求，结合所使用的备份软硬件的实际情况，综合这3种备份方式，制定自己特定的备份策略。

在制定备份策略和选择备份方式时，考虑如下方面的内容。

（1）当备份数据进行大量修改的时候，应该先做一次标准备份。而且，标准备份可以作为其他备份的基线。

（2）增量备份最适合用来经常变更数据的备份。

（3）差分备份可以把文件恢复过程简单化。

（4）标准备份与增量或差分备份合用可以做到使用最少的介质来保存长期的数据。

大多数的备份工具都有用来识别前一个备份的标签。备份制作者也使用文档属性来追溯上次备份的日期。文件的任何变化都要求重新备份。表8-1列举了这些备份方式的优势与劣势。

8.1.1.2 存储设备和介质的选择

有多种多样的存储介质可以用来存放文件，如磁带驱动器和磁盘驱动器。数据也可以拷贝到逻辑驱动器、可拆除磁盘、磁盘库或网络共享上。磁带上的文件存放到介质库中，并由机械控制。在缺少单独存储设备时，可以把文件拷到其他硬盘或者软盘上。

表 8-1 不同备份类型的优势与劣势

备份类型	优 势	劣 势
全备份	当前系统备份中包含有所有的文件； 只需要一份存储介质就可以进行恢复工作	如果文件没有经常变更,备份容易造成相当大的冗余; 标准备份相当耗时
增量备份	数据存储所需的空间很小； 耗时短	文件存储在多个介质中,因此难以找到所需要的介质
差分备份	数据恢复时只需最后一次的标准备份与差分备份； 耗时比标准备份短	如果备份文件存储在单一介质上,恢复时间将会很长; 如果每天都有大量数据变化,备份工作非常费时

理想的存储设备应该有足够的容量来备份你最大的服务器。它应该有错误检测和纠正机制。技术总是在不断进步，备份技术也不例外。因此，实时跟踪市场中最新的存储设备发展情况是非常重要的，特别是在你决定采购合适设备之前。

最常用的存储介质是磁带。备份中最常用的磁带类型有 1/4 英寸卡带（QIC）、数字声频带（DAT）、8 毫米磁带和数字线性磁带（DLT），也可以使用 CD、DVD 等光盘，随着硬盘容量的增长，硬盘备份也成为存储备份的一个潮流。

8.1.1.3 远程存储考虑

单一的介质驱动器可以通过网络共享。这样，你也可以把数据拷贝到远程计算机中。远程存储可以看作为加强系统可用性的一种机制，保证文件服务器可以有充裕的空闲磁盘空间。不经常使用的数据的分离也可以减少备份程序的工作量。

8.1.2 备份策略

备份策略是指综合备份类型和备份频率，使用相关的备份软件和硬件，完成所需的备份管理。下面将举例描述备份策略。

（1）季度备份策略

①季度备份通常是每两个星期中每一天使用不同的备份介质，周而复始地循环使用。组织的重要数据是每星期做一次备份。

②星期一到星期四做增量备份，而星期五做标准备份。最新的标准备份存储在站点上，而把前面的标准备份离站保存。这个周期是当 12 星期（一个季度）满了之后重新开始。

（2）年度备份策略。年度备份策略是在一年中使用 19 个磁带来备份和存储数据文件。其中，4 个作为星期一到星期四的增量备份，其他 3 个用作星期五的标准备份，其余 12 个作为月度标准备份并离站保存。

8.1.3 备份战略

如果有合适的数据备份战略那么恢复是有保证的。一个好的备份战略保证数据恢复得以顺利进行并防止丢失重要关键数据。通常对于计算机系统有以下类型的备份战略，它们是基于下面的考虑进行分类的。

（1）仅备份网络或服务器

如果你需要备份你的整个网络服务器数据，或者有存储设备与服务器相连来备份它们的重要数据时，可以考虑使用这种战略。

（2）个人或本地计算机备份

如果每一个计算机需要存储介质或者每一个用户有责任备份他们数据的时候，可以考虑采用这种战略。

（3）服务和计算机备份

如果组织的每一部门有存储设备并且指派部门中的某一个人来备份整个部门数据的时候，可以考虑使用这种战略。

（4）专门的存储备份网络

使用 NAS/SAN 等技术建立同信息处理网络分离的专用的信息存储网络，并在存储网络上实现专门的备份管理。这种方式通常适用于大型信息系统环境。

8.1.4　备份场景

备份战略在实施前需要考虑系统的配置。系统配置是不一样的，简单的小网络只需要少量数据进行备份，大区域网络需要海量数据进行备份。下面详细讨论这些网络场景的备份战略。

8.1.4.1　中小局域网备份

下面 4 个步骤说明了小型局域网可能采用的备份解决方案。

①选择可靠、快速、高容量、成本合适的并且兼容性好的磁带来做系统备份。磁带的容量应该足够备份整个服务器。

②在服务器上安装磁带控制器。当使用 SCSI 时，你需要安装磁带本身的驱动控制器。

③为保证有效备份系统状态数据，可将磁带连接到服务器上，也可以把用户文件备份到远程计算机上。

④维持磁带备份循环周期，并保存备份有很少使用数据的磁带。鼓励用户养成每天下班前把重要数据备份到服务器上的好习惯。

8.1.4.2　海量数据备份或 24 小时备份

海量数据备份，如数据库或图形文件数据等，是一个非常耗时的过程。因此，中小数据备份方法对它来讲是不适用的。最佳实践做法是，采用备份设施来拷贝数据并同时保证应用程序仍然可以让客户端使用。

重要数据的备份可以使用有冗余级别配置的主机或硬件 RAID。两个独立硬件控制的 RAID 阵列的软件镜像可以用来备份极其关键的数据。这种技术可以保证当磁盘或阵列发生故障时仍然可以使用。任何网络组件的故障，如网卡、视频设备、IDE 控制器、电源等，可以容易地替换而不影响运营。备份中常用的两个术语是"数据"和"目标"。数据指的是计算机中存有的需要做备份的数据。目标指的是运行备份操作的计算机。下列是常用的用来备份海量数据的 3 种方法。

（1）方法一

备份数据到本地磁盘。网络备份可以把需要备份的文件拷贝到目标机器上。应该定期验证目标机器上备份数据内容与源数据的一致性。可以通过数据传输量和传输速度估计需要的备份时间。

（2）方法二

通过网络备份数据到目标主机。备份数据可以拷贝到另外一张磁盘上或者专用数据盘上。为了做到这一点，可以使用连接到专用数据盘上备份设备来在线备份数据。数据也可以通过网络备份到目标主机上。基于如下几点因素考虑来决定备份的数据和目标：

①目标计算机的可用性；

②现有的备份策略中规定的备份操作所使用的计算机；

③备份操作所需要的时间和成本。

（3）方法三

使用硬件镜像或第三方设备来备份数据。当需要备份的数据正在使用中的时候，备份数据可以通过网络镜像到其他计算机上。这种方法是抵抗由于磁盘或阵列故障带来数据损失的最好方法。当发生这样故障时，从镜像计算机上传输数据到数据主机上是一个非常耗时的过程，但是它要比丢失自从上一次备份以来新建和修改的数据来得快。

8.1.5　备份和恢复流程

前面章节已经深入讨论了大量保障数据可用性的机制。接下来将要讨论如何制定备份及其恢复流程。

备份和恢复流程的选择每个组织都是不一样的。在备份和恢复流程开发完以后，需要对它进行测试，记录并验证它们应对灾难的影响。为了制定出合适的备份和恢复流程，需要考虑以下问题：

- 任务授权；
- 明确叙述时间敏感的备份；
- 当备份出现问题时采取的任务；
- 安全考虑；
- 策略考虑；
- 技术考虑；
- 测试备份和恢复程序；
- 文档化备份和恢复程序；
- 验证操作的正确性。

（1）任务授权

建议用可信的人员来负责备份和恢复工作。解决下面几个问题可以帮助你进行指派任务：

①由谁来起草哪些文件和计算机需要备份的策略？这个策略对组织中其他人可用吗？

②由谁来履行备份操作？

③如果备份是自动进行的，谁来处理备份故障问题？

④当指派的人员不在现场时，谁来负责备份工作？

⑤谁来向上级汇报备份工作情况？当备份出现故障时，谁来通知用户？

（2）明确叙述时间敏感的备份

灾难发生后，恢复数据所需要的时间与决定备份所需要的时间和频率同样重要。下面几个问题可以帮助你决定恢复数据所需要的时间：

①下班后，是否进行全部或部分备份工作？

②什么时候应该做备份？是在下班前还是下班后？

③全部备份和增量备份的频率？

④从本地存储区取出备份并加以恢复所需要的时间？在正常上班时间，远程备份是否可以随时访问？

⑤当计算机发生故障时，需要多长时间恢复？

（3）当备份出现问题时采取的任务

在备份出现问题时应该考虑下列问题：

①确定问题汇报对象及程序。

②考虑备用站点的可用性或者从厂商那里租用设备建立临时站点。确定该步骤所需的时间。

③确定软件或硬件故障时技术支持的可用性。

④确定技术支持人员可以是否使用计算机配置信息。如果不可以，确保灾难发生时信息的可用性以减少混乱。

⑤确定进行故障修复时软件和硬件厂商支持的效果。

⑥如果组织里有夜班的话，人员如何进行交接？夜班人员第二天是否还继续工作？确定在排错或恢复程序过程中替代熟练人员的人员。

（4）安全考虑

应该考虑下列几个问题以保证备份操作和位置的安全问题：

①备份磁带应该存放的地点。

②备份存放地点如何免受自然灾害的威胁？

③用来监控备份存放地点状态的方法。

④相关人员是否可以接触到在线备份磁带？

⑤备份介质的拷贝存放在什么地方？

⑥备份存放地点是否有担保？

（5）策略考虑

在开发备份和恢复程序时，应该考虑下列几个问题：

①组织的备份策略是什么？备份计划是否与该策略相一致？

②公司策略是要求备份所有变更的文件还是仅备份部分用户、组、部门或分公司的关键文件？

③是否存在不需要备份的磁盘或计算机？

④终端用户是否负责他们系统的备份？

⑤大量的备份工作是否有责任追溯机制？

⑥备份过程的验证机制是什么？

（6）技术考虑

在决定组织机构备份方式时，下列几个问题可以提供帮助：

在开始备份工作前，需要满足什么样的条件？

①备份是从命令行、图标或批处理方式开始的吗？

②日志是否使用了合适的格式？

③备份工作是否涉及到一些特殊的情况，如长路径、奇怪文件名、文件大或大量的文件？文件恢复能否全面恢复这些特征？

④备份是在本地驱动器上进行，还是在远程机器上进行，或者通过 WAN 进行？

⑤备份是否周期进行？

⑥是否对备份数据进行验证以保证其正确性？

（7）测试备份和恢复程序

检查和确认备份与恢复程序来估计数据恢复所需时间是非常重要的。测试也可以发现备份和恢复程序的依赖关系与资源。仔细记录任何测试过程中的错误并加以排除，来保证实施正确的数据备份与恢复程序。

周期性备份和恢复可以发现在软件验证中不出现的硬件问题。组织机构也可以使用模拟仿真的方式来测试所设计的程序。例如，通过镜像进行备份时，可以模拟硬盘故障来保证操作无误。这里的仿真可以通过移除或关闭某一镜像来做。

（8）文档化备份与恢复程序

备份记录应该周期性地保存起来，以消除可能出现的信息丢失并让数据恢复过程可以更快完成。下面是几个用来文档化备份和恢复程序的方法：

①介质标签，标签应该包含日期、类型和备份内容清单等信息。

②目录，在备份介质上制作一份备份文件目录以供恢复时做参考。

③日志文件，它包含备份文件的文件名称和目录。

（9）验证操作的正确性

在验证过程中，把磁盘上文件与备份介质上的文件相比较。这个过程在备份或恢复工作完成后进行。验证所需时间和备份或恢复时间一样。在每一步骤之后做一次验证会是一个非常好的习惯。

8.1.6　RAID 技术

RAID 技术提供了在线储存计算机数据的方法。并具有很高的通用性，能处理不同计算机的数据，从个人计算机到超级计算机，都可以使用。20 世纪 80 年代末，加州大学伯克利分校的 Patterson，Gibson 和 Katz 首先提出了革命性 RAID 技术以提高数据的可用性和适用性。在那之后，RAID 顾问委员会把其中的术语"廉价"（inexpensive）改为"独立"（independent），从而开创了使用许多独立的、高性能的磁盘驱动器组成磁盘阵列系统，来提供在线数据储存服务的先河。

虽然 RAID 包含很多大约相同容量的磁盘，但是它整体磁盘子系统仍然看起来是一个单一、可靠和高速的逻辑磁盘。RAID 技术不仅是为在线数据安全而开发的，而且它也是一种保证数据可用性和可访问性的手段。最终，这种技术的使用，不仅使得数据更加安全，而且保证了可靠数据的持续可用性。

多个 RAID 子系统组成了一个阵列。一个典型的 RAID 子系统包括 2~8 个磁盘驱动器，在发生诸如坏扇区或全盘失效等情况下仍然能够拷贝数据。更让人惊奇的是，RAID 本身能够处理这些问题，而不需要使用者知晓已发生的不利情况。因此在工作当中，你甚至不会得到通知或不知道 RAID 正在执行的恢复任务。RAID 的特征有以下几点。

①子系统磁盘上存储着同样的冗余数据拷贝。这样，单一磁盘上数据失效不会伤害数据恢复进程，也不会造成数据的完全不可访问。因此，RAID 子系统被认为是一种保护数据可用性和安全性的高容错、高可靠性的机制。

②子系统中的某一失效磁盘可以进行热替换。从而，提高了数据的可访问性和可用性。

③RAID 子系统上可以创建比市面上最大的物理磁盘大得多的分区。

④RAID 中数据传输的速度是非常高的，这是因为 RAID 磁盘中的数据是并行处理的。

RAID 有 8 种常见的实施方式，每一种都提供了独一无二的特性。这 8 种是级别 0、级别 1、级别 2、级别 3、级别 4、级别 5、级别 6 和级别 10。要知道的是 RAID 的级别并不代表它们性能的高低。事实上，每一级别的 RAID 都有着它自己的优势和劣势。要仔细深入研究 RAID，这样才能为组织选择合适的 RAID 级别。

（1）RAID 级别 0

RAID 级别 0 在磁盘上储存数据时不作冗余处理。说是"RAID 级别 0"显得用词不当，事实上它是在 RAID 子系统磁盘驱动器上连续储存数据的一种机制。它使用扩展或切割的方法把数据在一阵列多个磁盘上储存起来。尽管 RAID 级别 0 是非冗余磁盘阵列，但它的特点是以低成本提供高速的 I/O 性能。这级别能提供高速 I/O 的原因有两点。

①非冗余数据储存使得多个磁盘之间不用重复复制或更新数据；

②切割过程是把文件等分地储存到阵列的不同磁盘上。这样当读取数据的时候，可以并行地从所有磁盘中读取。

尽管 RAID 级别 0 有着高性能和低成本优势，但它同时也是最不可靠、容错能力最低的。这是因为非冗余特征使得阵列上单一磁盘失效就能导致数据损失。因此，RAID 级别 0 适合用在对性能和储存能力要求特别高的环境中，而不是高可靠性和高访问性要求的环境中。它适用于超级计算机当中，那里最大传输率和最大文件大小处理能力是非常重要的指标。

（2）RAID 级别 1

作为最老和最普遍使用的 RAID 使用方式之一，RAID 级别 1 和其他级别比较起来，提供了一种简单、可靠和最有效的模式来保证数据的可用性和可访问性。RAID 级别 1 使用镜像的方法来在一个或多个阵列中复制数据。这样，数据复制在主盘上进行，同时也在其他一个或多个盘上复制冗余。因此，在任何时候，用户可以使用两份或多份数据。RAID 级别 1 的性能特征是基于以下两个原因。

①从磁盘中读取数据时，它的队列、搜索和轮询时间是最短的；

②读操作中，数据可以并行地从多个磁盘中获取。

RAID 级别 1 的冗余特征使得它成为最可靠的容错能力最强的数据恢复方式之一。在磁盘失效的情况下，数据可以从其他操作盘中读出了，而这个过程对用户来说是透明的。RAID 级别 1 最适用的环境是数据库应用，它强调的是数据可访问性和可靠性。

（3）RAID 级别 2

RAID 级别 2 要求使用特定的磁盘，因此，它是非常昂贵的，从而在数据恢复中很少使用。用来识别磁盘或分区磁盘失效的奇偶校验信息和纠错码储存在另外磁盘当中。奇偶校验信息和纠错码都是通过使用汉明码（Hamming）来生成的。汉明码是一种二进制码，它在每四个数据位后面增加 3 个校验位。校验位作为标识码，用来在接收端检测和纠正单/双位传输错误。RAID 级别 2 也是一种可靠且高效的实施方式，但它不是一种合适数据恢复解决方案。这是因为对于 4 个磁盘组成的阵列来说，奇偶信息和校验码需要额外 3 个磁盘来储存，这无疑提高了实施成本。而且在今天看来，RAID 级别 2 使用的外部错误控制机制和内建的内部错误控制机制相比，是过时的和不实用的。

（4）RAID 级别 3

RAID 级别 3 是在 RAID 级别 2 的基础上开发出来的，它克服了 RAID 级别 2 的一些劣势。和 RAID 级别 2 相比，RAID 级别 3 只使用了一个奇偶盘来标识和恢复数据。在这种实施方法中，文件和数据库数据首先按照每字节轮流的方式在多个磁盘上交叉存取。然后，磁盘控制器从整盘数据中生成奇偶信息字节。RAID 级别 3 的性能比其他级别低，原因如下。

①RAID 级别 3 一次只允许一个请求进程（读或写）。这是因为事实上每次读请求都要访问阵列的所有磁盘数据。而一次写请求需要访问所有阵列磁盘数据外加奇偶信息磁盘。这样导致了在任何时候，只能有一个请求被执行。奇偶信息盘并没有涉及到任何写进程，因为它本身不包含任何数据。

②在错误探测过程中，RAID 级别 3 不访问含有错误信息的磁盘。这样，虽然 RAID 级别 3 有探测磁盘错误的功能，但它不能纠正这些错误。

尽管有着这些不利因素，当应用需要高带宽和大量数据传输而不要求高数据传输率的时候，RAID 级别 3 还是一种受欢迎的选择。RAID 级别 3 为数据提供了高度冗余且便于实施。实施成本也比 RAID 级别 1、RAID 级别 2 低。因此，RAID 级别 3 特别适合用于传输图形和图片文件。

（5）RAID 级别 4

RAID 级别 4 和 RAID 级别 3 非常相似，但有以下两点不同。

①RAID 级别 4 是使用块的方式交叉读写数据，而 RAID 级别 3 是使用字节的方式。交叉读取块，称为分割单元，在阵列磁盘上连续交叉读写。

②RAID 级别 4 还允许独立访问阵列中的某一磁盘，而这在 RAID 级别 3 中是不允许的。

RAID 级别 4 限制对阵列中单一磁盘的小读请求。因此，这个读操作是非常快的。然而，即使是最小的读请求，仍然需要最少 4 个磁盘的"读—修改—写"程序。在一个"读—修改—写"程序中，这 4 个操作按照如下顺序执行。

①读取旧数据；

②读取旧奇偶信息；

③写新数据到目标磁盘（一个或多个）；

④写新奇偶信息到奇偶信息盘。

尽管比 RAID 级别 3 提供了更高的性能和冗余能力，RAID 级别 4 仍然有一些缺点。奇偶盘需要在每一次写操作后进行更新，这使得在大量写操作应用中它可能造成性能瓶颈。最终，RAID 级别 4 通常都是和其他技术（如回写缓存等）一起实施，以提高性能。

（6）RAID 级别 5

RAID 级别 5 又比 RAID 级别 4 提高了性能。RAID 级别 5 同样是把数据拆分到阵列部分或全部磁盘上。但 RAID 级别 5 不需要奇偶校验盘配置。RAID 级别 4 中的奇偶信息是写在额外盘中，而 RAID 级别 5 是写到下一个可用的磁盘中。RAID 级别 5 的优势是：

①RAID 级别 5 中读写操作可以同时进行，这使得它比其他级别有着明显地性能提高；

②奇偶信息存储在阵列当中的某一盘上，不需要额外的磁盘，从而降低了成本；

③性能瓶颈问题也通过分布存放奇偶校验信息得到解决。

RAID 级别 5 提供了优异的读写性能。但是，对于小请求，它的性能只会更低。这是因为读—修改—写程序需要更新阵列盘中的奇偶信息。这个更新周期是很长的从而导致很长的写操作。因此，RAID 级别 5 通常也是联合其他技术一起使用，如进程并行和缓存即使等。

（7）RAID 级别 6

RAID 级别 6 包括了所有 RAID 级别 5 的特征，并且在许多方面做了加强。和 RAID 级别 5 一样，RAID 级别 6 也按块分割数据并把奇偶信息存储在阵列磁盘上。但是 RAID 级别 6 更进一步，它为每一块数据计算两套奇偶信息。这样重复复制的目的是提高容错能力。这个级别的阵列可以管理阵列中任何两块磁盘的错误，而其他级别至多只能处理一块。

RAID 级别 6 在处理写操作时比 RAID 级别 5 更差一点，这是由于要处理更多的奇偶计算。然而，在处理随机读取数据时它的速度会更快，因为它可以在多个磁盘同时并行处理线程。

从理论上说，RAID 级别 6 不仅适合用于 RAID 级别 5 的应用环境中，更适合用于对容错能力要求比较高的环境中。实际上，RAID 级别 6 并不受组织欢迎，因为他们不乐意花费额外的成本来应对几乎很难发生的灾难——即同时有两块磁盘发生故障。而且，RAID 级别 5 的其他高级特征，如热备和自动重建等，使得级别 RAID6 没有多少存在的必要性。

（8）RAID 级别 10

RAID 级别 10 包括所有 RAID 级别 1 和 RAID 级别 0 的特征。

RAID 级别 0~6 的特点如表 8-2 所示。

表 8-2　RAID 级别比较

RAID 级别	使用方法	优　点	缺　点
0	分割	高数据传输率和大文件处理	无冗余机制
1	镜像	高性能和快速写操作	高成本
2	汉明码和奇偶码	高冗余和高可用性	不适用
3	字节级别奇偶校验	部署简单，高错误恢复能力	性能低
4	块级别奇偶校验	高冗余和中等性能	写相关操作有性能瓶颈
5	交叉读取奇偶校验	高性能，性价比高，写操作瓶颈有所缓解	处理小写操作时性能低
6	双级别的交叉读取奇偶校验	容错能力强，退化和重建，随机读写性能	—

8.2　主要的数据备份方式

正常情况下，系统的各种应用运行在主中心的计算机系统上，数据同时存放在主中心和备份中心的存储系统中。当主中心由于断电、火灾甚至地震等灾难无法工作时，则立即采取一系列相关措施，将网络、数据线路切换至备份中心，并且利用备份中心计算机系统重新启动应用系统。这里最关键的问题就是保证切换过程时间满足业务连续性要求，同时尽可能保持主中心和备份中心数据的连续性和完整性。而如何解决主中心和备份中心的数据备份和恢复则是备份方案的重点。

以下对灾难恢复系统所采用的几种常用技术作一简单描述。结合应用系统的相关特点（实时性要求、运行中断敏感性等）、数据更新频度、数据量大小和相关条件等因素，实际的灾难恢复系统解决方案可能是多种技术方案的组合。

（1）基于磁带的数据备份

利用磁带拷贝进行数据备份和恢复是常见的传统灾难备份方式。这些磁带拷贝通常都是按天、按周或按月进行组合保存的。

使用这种方式的数据拷贝通常是存储在盘式磁带或盒式磁带上，并存放在远离基本处理系统的某个安全地点。磁带通常是在夜间存储数据，然后被送到储藏地点。而在灾难或各种故障出现、系统需要立即恢复时，将磁带提取出来，并运送到恢复地点，数据恢复到磁盘上，然后再恢复应用程序。

基于磁带拷贝的传统灾难备份方式有着明显的缺陷，越来越不适合用户不断发展的业务系统的需要。

①基于磁带拷贝的灾难备份方式不管是备份过程还是恢复过程都非常复杂，复杂的恢复过程将会极大地影响系统恢复的效率。

②磁带通常是在夜间备份的，并于次日被送到储藏地点。该过程本身给备份数据的使用带来相当大的延迟。

③在进行恢复操作时，必须使用正确的磁带。而存档磁带的数量可能有成百上千盒，要在成堆的磁带中找到正确时间的磁带，这会给管理上带来很大的挑战。

④在恢复数据库的时候，要求事件处理的顺序必须正确，这样才能恢复到数据库的当前状况。当恢复过程需要涉及到若干个磁带时，出现磁带找不到、不可读或顺序错误的可能性是很大的。

（2）基于应用软件的数据备份

基于应用软件的数据备份是指由应用软件来实现数据的远程复制和同步，当主中心失效时，灾难备份中心的应用软件系统恢复运行，接管主中心的业务。

这种技术是通过在应用软件内部，连接两个异地数据库，每次的业务处理数据分别存入主中心和备份中心的数据库中。

但这种方式需要对现有应用软件系统进行比较大的修改升级，甚至重新开发，增加应用软件的复杂性，对应用软件开发技术水平要求较高，系统实施难度大，而且后期维护比较复杂。并且由应用软件来实现数据的复制和同步会对整个业务系统的性能造成较大的影响。

（3）远程数据库复制

远程数据库复制是由数据库系统软件来实现数据库的远程复制和同步。在复制过程中，使用自动冲突检测和解决的手段保证数据一致性不受破坏。基于数据库的复制方式可分为实时复制、定时复制和存储转发复制。

①实时复制：当主中心的数据库内容被修改时，备份中心的数据库内容实时地被修改，此种复制方式对网络可靠性要求高。

②定时复制：当主中心的数据库内容被修改时，备份中心的数据库内容会按照时间间隔，根据主中心的更新情况周期性地进行刷新，时间间隔可长(几天或几个月)，也可短(几分钟或几秒钟)。

③存储转发复制：当主中心的数据库内容被修改时，主中心的数据库服务器会先将修改操作 Log 存储于本地，待时机成熟后再转发给备份中心。

远程数据库复制的实质是实现主、备用系统的数据库的数据同步（实时或者准实时同步），即将主系统数据库操作 Log 实时或者周期性地复制到备用系统数据库中执行，实现二者数据的一致性。

远程数据库复制对主机的性能有一定影响，可能增加对磁盘存储容量的需求（包括对 Log 的存储），但系统恢复较简单，在实时复制方式时数据一致性较好，所以对于数据一致性要求较高、数据修改更新频繁的应用可采用基于数据库的数据备份方案。

如图 8-2 所示，远程数据库复制需配置数据库远程复制管理软件，并具备主、备用系统间的网络通信条件（如 TCP/IP 通道）。远程数据库复制的灾难备份方案中主、备用系统中的服务器主机类型、存储设备类型可以不一样。对数据库的操作访问基于开放接口时甚至可以实现异种数据库之间的互为备份复制，也可以通过网关（Gateway）的方式实现不同数据库间的备份复制。此外，主、备用系统可通过路由器进行互联。

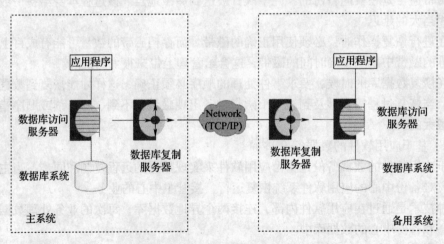

图 8-2　远程数据库复制逻辑结构示意图

（4）基于逻辑磁盘卷的远程数据复制

将物理存储设备划分为一个或者多个逻辑磁盘卷（Volume），便于数据的存储规划和管理。逻辑磁盘卷可以理解为在物理存储设备和操作系统之间增加一个逻辑存储管理层。基于逻辑磁盘卷的远程数据复制是指根据需要将一个或者多个卷进行远程同步（或者异步）复制。该方案的实现通常通过软件来实现，基本配置包括卷管理软件和远程复制控制管理软件。

远程复制控制管理软件将主节点系统的卷上每次 I/O 的操作数据实时（准实时或者延时）复制到远程节点的相应卷上，从而实现远程两个卷之间的数据同步（或准同步）。主、备用节点之间通常需要配置相应带宽的 IP 通道。根据数据的更新频度、广域通信条件和质量等因素，可将数据复制设置成同步、准同步或者定期同步等方式（或者自动适应）。

基于逻辑磁盘卷的远程数据复制会增加各节点主机的一些处理性能需求，在主机性能和通信带宽的要求得到满足时，远程复制效率和数据一致性可以得到保证。

基于逻辑磁盘卷的远程数据复制是基于逻辑存储管理的技术，一般与主机系统、物理存储系统设备无关，对物理存储系统自身的管理功能要求不高，有较好的可管理性，也便于主、备用系统的扩充和发展；同时，也可方便地做到多对一或者一对多的远程数据复制；由于主机系统对数据的处理主要是基于磁盘卷，对硬件设备的选择也比较灵活。

在同时对多个系统进行灾难备份的情况下，可以通过在备份中心磁盘阵列上划分不同的磁盘卷，以对应不同的系统进行复制或镜像处理。但该技术会增加主机的负载。

（5）基于智能存储系统的远程数据复制

磁盘阵列将磁盘镜像功能的处理负荷从主机转移到智能磁盘控制器——智能存储系统上。基于智能存储的数据复制由智能存储系统自身实现数据的远程复制和同步，即智能存储系统将对本系统中的存储器 I/O 操作 Log 复制到远端的存储系统中并执行，保证数据的一致性。由于在这种方式下，数据复制软件运行在存储系统内，因此较容易实现主中心和备份中心的操作系统、数据库、系统库和目录的实时拷贝维护能力，一般不会影响主中心主机系统的性能。如果在系统恢复场所具备了实时数据，那么就可能做到在灾难发生的同时及时开始应用处理过程的恢复。

基于智能存储系统的方案具有高效快速的特点，能较好地保证数据的完整性和一致性，数据的复制备份过程不占用主机资源，操作控制比较简单。但基于目前的情况，该方案有受主、备份中心距离限制比较明显（通常要求在几十到 100km 范围内）、开放性差（不同厂家的存储设备系统一般不能配合使用，不利于投资保护）和对于主、备份中心之间的网络条件（稳定性、带宽和链路空间距离）要求较苛刻等缺点。另外，本方案要求存储设备自身具有较强的智能管理功能，需配置相应的容灾难备份管理软件，配置主、备用系统存储设备间的网络通信专用接口设备和相应的通信通道，如图 8-3 所示。

（6）远程集群主机切换

远程集群（Cluster）主机切换技术并非是一种数据复制技术，但该技术能和上述的数据复制技术相结合，对分布在多个节点的主机系统进行集群化管理控制。当主节点系统故障无法正常运行时，控制系统对相应应用系统的运行在主机间进行切换（检测到故障后人工干预切换或者自动切换）。管理控制系统对主机系统运行状态的监测包括：

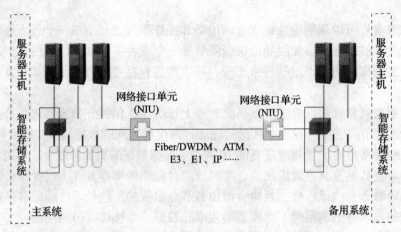

图 8-3　基于智能存储系统的远程数据复制示意图

①硬件系统和操作系统的状态；

②数据库系统的状态；

③应用软件的状态（通过 API 或脚本编写定制应用代理）；

④相关的网络通信状态（包括局域网和广域网等）；

⑤远程数据复制运行状态；

⑥通过开发/定制代理对其他有关状态的监测。

一般情况下，考虑远程集群主机切换方案时，应首先解决数据的远程复制，否则单纯主机系统间的应用切换就失去意义。此外，远程集群主机切换方案要求节点间具备通信条件（如 IP 通道），每个节点主机需配置相关的集群管理控制软件以及管理代理。

8.3　技术方案的设计

8.3.1　基于备份恢复软件的灾难备份方案

软件供应商推出了更多集中备份容灾软件，例如，Veritas Netbackup、Veritas BackupExec、Legato Networker 和 Backbone 公司的 Netvault 软件，Computer Associates 的 BrightStorTM ARCserve 备份数据保护软件等。所有这些产品都采用了一种集中机制，备份都是通过一个专用备份服务器和直接连接的存储设备进行。这些集中备份系统根据容灾的需要产生了更多的软件和硬件模块。基于备份软件的解决方案最大的问题是：在进行灾难切换时，需要在灾难备份端进行应用系统的安装工作，同时用户必须了解备份解决方案的不同组件，以及它们的功能和对生产系统性能的影响。

8.3.2　基于数据库的数据复制灾难备份方案

数据库厂商和专业数据备份恢复厂商专门针对各种专业数据库提出了基础数据库的数据复制灾难备份方案。这些数据复制灾难备份方案不仅可以提供双机实时热备份和灾难恢复功能，实现本地或异地的一对一或一对多等多种备份形式，减免夜间数据备份、软硬件升级、数据库重组等计划性事件以及诸如服务器故障、火灾、洪水、电源故障等非计划性事件造成的停机时间，为你的商务运行环境提供高可用性。

8.3.3　基于专用存储设备的数据复制灾难备份方案

随着存储技术的发展,各专业存储设备厂商为数据复制灾难备份提供了基于 NAS、SAN 等各种存储技术的专用存储设备,它能帮助用户建立集中的存储中心,并通过专用存储设备所提供的各种同步镜像及异步镜像等技术,实现更灵活的数据复制灾难备份方案。

8.3.4　基于主机的数据复制灾难备份方案

数据卷容灾采用卷管理器的磁盘镜像功能来实现。例如,通过在数据灾难备份中心主机和用户端主机上安装卷管理器软件,可以将数据灾难备份中心的镜像磁盘和用户端的主磁盘上的分区或卷虚拟为服务器能够看到的同一分区或卷,这样在用户端主机发生 I/O 操作时,系统会自动将数据分别写入本地的主磁盘阵列和数据灾难备份中心的镜像磁盘阵列中,从而实现数据的镜像。这种写操作是对主机而言的,是逻辑上的。当客户端数据发生灾难时,数据灾难备份中心数据可以被接管应用。当客户端中心系统重建后,数据可以随时从数据灾难备份中心得到恢复。

目前最知名的远程复制工具包括 Veritas Volume Replicator (VVR), IBM eXtended Remote Copy (XRC)、SUN 公司的 Data Replicator ，IBM 公司的 HACMP/XD, NSI 公司的 Double Take。这些解决方案都是基于主机、软件辅助的数据镜像工具,而且都是通过一个 IP 网络。

8.3.5　基于磁盘的数据复制灾难备份方案

利用高性能磁盘阵列（硬件层次）的高级数据复制功能,通过存储子系统之间的通信,并结合一些主机端的管理工具,来实现用户端数据和数据灾难备份中心对数据的传输复制。复制通过用户端和数据灾难备份中心磁盘阵列上的微处理器实时完成。在灾难发生时,可以将关键数据的损失降至最低,而且不需要主机干涉或占用主机资源,可以做到灾难发生的同时实现应用处理过程的恢复。

目前最知名的磁盘远程复制工具包括 EMC Symmetrix Remote 　Data Facility（SRDF）、EMC 公司的 CLARiiON 的 MirrorView、IBM 的 Peer-to-Peer Remote Copy (PPRC)、HDS 的 TrueCopy/ NanoCopy、Netapp 的 SnapMirror, HP 的 XP CA 和 HP 的 EMA CA。 PPRC、SRDF、MirrorView、TrueCopy+HUR 和 SnapMirror 都是基于硬件控制器的远程复制工具。必须要指出的是,这些工具都是光纤通道和 ESCON（企业串行连接）提供远程数据镜像,在某种程度上限制了广泛应用。

8.4　备用数据处理系统

备用数据处理系统是指在灾难备份中心配置的一系列备用服务器,根据实际业务情况,它们和支持日常运作的信息系统所在数据中心（称"生产中心"或"主中心"）的服务器有相同或稍低的硬件配置，以确保接管使用时，性能不致降低很多。在备用服务器上部署和原生产服务器完全相同的应用及软件，每当原生产中心服务器有更新时，备用服务器也及时更新，当原生产中心服务器发生故障而不能使用时，立即启用备用数据处理系统，可以在极短的时间内接管 IT 系统，从而确保业务的持续运行。

8.5 备用网络系统

8.5.1 设计原则

灾难恢复系统备用网络系统的架构方案设计可以参考以下原则。

（1）满足网络切换目标的需求

可以支持灾难恢复系统对于网络的需求。

（2）高性能与高利用率，提供标准化的高速主干网连接

可以在同一个网络中支持多种服务质量，以支持目前和未来应用与服务的需求。

（3）所选用的设备和技术符合国际标准

网络中使用的设备和协议应完全符合国际通用的技术标准，兼容现有生产中心的网络环境，提供很好的互联性。

（4）网络提供足够的带宽

丰富的接口形式，满足用户对应用和带宽的基本需要，并保留一定的余量供扩展使用，最大可能地降低网络传输的延迟。

（5）网络有很高的可靠性、稳定性及冗余

提供拓扑结构及设备的冗余和备份，把单点失效对网络系统的影响减少到最小，避免由于网络故障造成用户损失。

（6）网络有良好的可扩充性

对未来的应用和技术有一定的前瞻性，随着网络的规模及其运行的应用的不断发展，现有系统应提供足够的扩充能力，适应发展的需要。

（7）保护已有投资

网络设计充分考虑各级部门已有的网络设备的兼容性。

（8）先进性原则

方案和采用的设备应具备先进性，并充分考虑今后技术和应用的发展，同时根据实际需求选择经济、实用、成熟的产品和技术。

（9）安全性原则

通过进行逻辑划分、用户认证、访问控制、地址过滤和网络安全保密等技术措施，保证网络安全。

（10）网络易于安装、操作和维护

在网络中使用单一的网络管理软件来管理所有网络设备，对 IP 网络设备及存储网络等进行直观、灵活的配置，并提供完整的网络拓扑图，可以根据网络的流量情况做出分析和建议，尽量使网络的安装、操作、维护工作变得简单易行。

（11）网络的经济性

由于备用网络平台的作用在于发生灾难时支持关键业务，实际上是在原有网络基础上的扩展，应该在权衡各业务重要性等级的基础上，尽可能简化备份中心的设计，甚至利用原有设备，选择合适的通信线路，避免大而全的浪费性投资。

（12）尽量降低网络改造的风险

在备用网络平台的建设过程中，不但涉及到原有的生产网络，而且需要将新的网络和原有的网络进行很好的融合，实际上是一个巨大的网络改造工程，因此需要将网络改造的技术风险降至最低。整个项目牵涉到主机以及其他服务器的硬件、软件设置、应用系统的热切换，通信线路选择等各个方面，所以在技术上以及项目的管理及实施上存在较大的风险。故要求此项目的实施方有强大而且全面的技术支持力量，以及极具经验的项目控制及管理能力。

8.5.2　系统构成

备用网络系统包含备用网络通信设备和备用数据通信线路。进行灾难切换时，生产中心的各分支机构可以通过手工切换或者设备自动切换，将生产中心的数据切换到备用网络系统运行，保证生产中心的业务连续性。

备用网络通信设备主要指灾难备份中心的备用通信设备，包括交换机、路由器和防火墙等；备用数据通信线路主要指生产中心各分支节点至灾难备份中心的网络线路，可使用自有数据通信线路或租用公用数据通信线路。

生产中心分支节点到灾难备份中心的备用通信线路可以根据生产系统情况，租用 ISP 专线连接。专线方式具有成本较高、但通信质量和稳定性较好的特点。以下是几种常用的专线方式。

（1）异步传输模式

异步传输模式（Asynchronous Transfer Mode，ATM），是一种面向连接的快速分组交换技术，建立在异步时分复用基础上，并使用固定长度的信元，支持包括数据、语音和图像在内的各种业务的传送。可以将 IP 数据包在 ATM 层全部封装为 ATM 信元，以 ATM 信元形式在信道中传输。

（2）SDH

SDH（Synchronos Digital Hierarchy）网络可作为 IP 数据网的物理传输介质。它使用链路及 PPP 协议对 IP 数据包进行封装，把 IP 包根据 RFC1662 规范简单地插入到 PPP 帧中的信息段。SDH 是基于时分复用的，在网管的配置下完成半永久性连接的网。

（3）数字数据网

数字数据网（Digital Data Network，DDN）是一种基于同步数字传输网络技术的数字专线，能提供端到端的物理链路的透明传输，可使外部用户通过固定 IP 地址实现网络间的互访。

（4）帧中继

帧中继（Frame Relay）是一种相对较便宜的、针对用户需要独自享用并能满足双向数据传输需求的接入方式。通过使用可承诺的最低速率来保证用户的最低带宽，在网络空闲时，可以获得更多的带宽进行数据传输。

为了节省成本，生产中心分支节点到灾难备份中心可以使用 VPN 作为备用线路。VPN 具有带宽较高、成本较低的特点，但技术及实施相对复杂，同时不如专线稳定可靠。

VPN（Virtual Private Network）被定义为通过一个公共网络建立一个临时、安全的连接，是一条穿过公共网络的安全、稳定的加密隧道。VPN 是虚拟的，并不是某个专有的封闭线路，但 VPN 同时又具有专线的数据传输功能，因为 VPN 能够像专线一样在公共网络上处理自己的信息。

备用数据通信线路通常使用的 VPN 技术包括：多协议标签交换 MPLS VPN（Multi-Protocol Label Switching VPN），IPSec VPN （使用 IPSec 框架加密的 VPN），点对点隧道 PPTP（Point to Point Tunneling Protocol）和第二层隧道协议 L2TP（Layer 2 Tunneling Protocol）等。

第9章 专业技术支持和运行维护管理能力的实现

9.1 技术支持及运行维护的目标和体系构成

由于不同行业对灾难恢复策略有不同的等级要求，相应地，对灾难备份系统的运行维护及技术支持能力的要求也有所不同且各有侧重。但总体而言，对灾难备份系统进行运行维护及技术支持的目标是：保障灾难备份系统在灾难恢复和运行阶段的正常运作，保障能提供切换和运行时的技术支持，从而使制定的灾难恢复策略得到切实保证。

为实现对灾难备份系统的运行维护及技术支持，该体系应至少包含以下几个部分：组织架构、运行维护要求、运行维护方式及管理制度（见图9-1）。

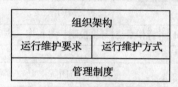

图9-1 技术支持及运行维护体系的构成

（1）组织架构

单位应确定对灾难备份系统建立必要的技术支持及运行维护的组织架构。在该组织架构中，应确定日常运行维护的部门及技术支持的部门，并确定日常运行维护部门和技术支持部门各自的职责分工，从而确保灾难恢复预案及灾难备份系统的各个部分都有责任部门来进行维护和管理。

（2）运行维护要求

单位应确定对灾难备份系统所需进行维护的范围及所应达到的要求。在单位本身设有灾难备份中心的情况下，应对灾难备份中心的各项基础设施确定日常维护要求；在单位建有数据备份系统的情况下，应对数据备份系统的运行确定日常维护及技术支持要求。

（3）运行维护方式

单位应根据自身的环境及技术条件，确定对所需维护的范围实行日常维护及技术支持。

（4）管理制度

根据以上各项内容，单位应确定与之相适应的运行管理制度，从而将对灾难备份系统运行维护和技术支持的各项要求明确落实到各部门的管理制度、工作流程及操作流程中。

9.2 技术支持及运行维护体系的组织架构

在单位自建灾难备份中心并自行管理的情况下，需要考虑建立组织架构的问题。在确定技术支持及运行维护体系的组织架构时，应确定各部门归属关系、工作职责及部门中所需的职能岗位及岗位职责。

通常，灾难备份中心内应设置运行维护团队，负责对灾难备份系统的日常运行及一线支持工作。为确保灾难备份系统的稳定运行，可以考虑架构如图9-2所示。

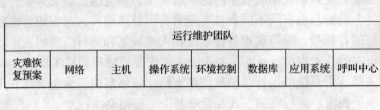

图9-2　灾难备份中心技术支持及运行维护体系的组织架构

（1）运行维护团队

运行维护团队主要负责系统的日常维护和监控，可以按照网络、主机、操作系统、环境控制、数据库、应用系统和呼叫中心等不同领域设置负责人员或者团队。运行维护机构除了要保障灾难备份系统的正常运行外，还要负责灾难恢复预案的更新，包括人员、技术手册、操作流程的变更等。同时，运行维护团队还要负责记录和报告运行过程中发现的问题，包括业务人员和最终用户通过呼叫帮助中心报告的问题。这些问题应该由运行维护团队进行评估和分类，部分问题由日常维护手段加以解决，对于日常维护手段不能解决的问题应该提交给技术支持团队进行解决。

（2）技术支持团队

技术支持团队负责技术体系、设备的更新、调整和问题解决。该团队可以按照负责的领域对应运行维护团队设置网络、主机、操作系统、环境控制、数据库、应用系统和呼叫中心等负责人员或团队，其中呼叫帮助中心负责问题的记录和转发。在条件合适的情况下，可以与运行维护机构设置统一的呼叫帮助中心，统一负责问题的记录、分类和跟踪处理。团队的人员应该具有较高的专业技能，能够解决较为复杂的技术问题，并且有能力根据既定方案执行相关领域的技术升级、更新和恢复。

由于技术支持团队在灾难备份中心的现场环境下工作，承担故障排除及技术支持等工作，故对运行维护团队的技术支持要求可以适当降低。

（3）外部支持团队

外部支持团队不是灾难备份中心的常设机构，他们依据合同或约定在需要的时候提供专业的服务和支持。他们有可能是设备厂商，在必要时提供备用机、配件更换、专业维修；也有可能是公共服务机构，在必要时提供人员救护、安全保障、灾难预警等服务；也有可能是灾难恢复专业服务商在灾难发生时提供专业的指导和人员支持。外部支持团队虽然不是常设机构，但是外部支持团队是对灾难备份中心重要的支持服务力量，是内部机构无法替代的。外部支持力量除了在必要时提供的服务和支持外，还应该考虑利用外部专业支持力量在平时对内部技术支持和运行维护团队开展培训和训练，提高自身的专业水平。

9.3　灾难备份中心运行维护的内容和制度管理

9.3.1　运行维护的内容

当单位确定建立灾难备份中心或灾难备份系统时，就必须考虑与之相适应的一系列运行维护要求。通常，与灾难备份中心及灾难备份系统相关的运行维护有以下几方面内容。

（1）基础设施维护

基础设施维护是针对单位自行管理的灾难备份中心或计算机机房而言的。通常应包括以下内容：供配电系统维护、发电机维护、UPS 维护、空调系统维护和消防系统维护等。

对各类基础设施的维护要求，通常包括：对各类设施确定日常运行的监控要求及定期维护要求等，确保这些基础设施在关键时刻能够切实起到作用。

（2）灾难备份系统维护

灾难备份系统的维护与单位所建立的数据备份策略及灾难恢复策略有关，通常包括以下内容：数据备份介质的保管、数据备份系统的运行维护、备用数据处理系统及备用网络系统的运行维护等。

对以上各类系统的维护要求，通常包括：对备份介质确定存取和保管要求，对数据备份系统确定日常监控、操作及维护要求，对备用数据处理系统及备用网络系统则应确定常规巡检及定期维护要求等，确保灾难恢复所需的数据、设备和系统在灾难时刻真正有效、可靠、可用。

（3）灾难恢复预案的维护

灾难恢复预案是发生灾难时进行恢复工作的计划、流程和方法。灾难恢复预案必须与恢复人员、恢复技术、恢复目标和范围的调整同步更新，才能够保证灾难恢复预案的有效性。对灾难恢复预案的维护应规定更新维护的周期、内容、负责人员（机构），预案更新和发布的流程等。

9.3.2　运行维护管理制度

为了达到灾难恢复目标，灾难备份中心应建立各种操作和管理制度，用以保证：数据备份的及时性和有效性；备用数据处理系统和备用网络系统处于正常状态，并与生产系统的参数保持一致；高效的应急响应和恢复处置工作。

管理制度的建立需与单位的组织架构、运行维护要求及运行维护方式相适应。管理制度可以划分成管理层面、工作层面及监控层面，如图 9-3 所示。

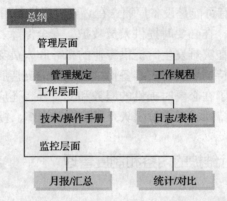

图 9-3　管理制度的三个层面

灾难备份中心应建立各种操作和管理制度，包括（但不限于）以下几项。

①灾难备份的流程和管理制度；

②灾难备份中心机房的管理制度；

③按介质特性对备份数据进行定期存取、验证和转储管理制度；

④硬件系统、系统软件和应用软件的运行管理制度；

⑤灾难备份系统的变更管理流程；

⑥灾难恢复预案以及相关技术手册的保管、分发、更新和备案制度；

⑦非灾难恢复用的信息系统运行管理制度；

⑧安全管理规定；

⑨基础设施维护的工作规程及操作手册；

⑩各部门及岗位的管理规定；

⑪应急处理工作规程和操作手册。

第 10 章　灾难恢复预案的实现

10.1　灾难恢复预案的内容

　　灾难恢复预案是定义信息系统灾难恢复过程中所需的任务、行动、数据和资源的文件，用于指导相关人员在预定的灾难恢复目标内恢复信息系统支持的关键业务功能。

　　灾难恢复预案用于响应和处理单位面临的灾难性事件。一两个人或者一两个部门是无法响应整个灾难性事件的。灾难恢复预案在灾难性事件被发现开始启用直到所有信息系统被完全恢复为止。灾难恢复预案回答灾难发生时谁应该在哪里应该做什么，如何尽快接管被中断的业务或信息系统的运行，以及在灾难事件结束后如何将业务和信息系统恢复到正常状态。

　　灾难恢复预案的开发必须适合单位的人员编制、组织结构特点，适合灾难恢复策略的实现，具有实用性、易用性、可操作性和及时更新的特点，并经过完整的试测和演练。

　　灾难恢复预案的开发可以由单位的内部人员自行完成，也可以同灾难恢复专业服务商合作开发。从以往的经验看，单位完全自行开发灾难恢复预案将耗费大量的人力物力，而且还可能因为缺乏灾难恢复项目实施的实际操作经验，使得预案本身缺乏完整性、可行性，在灾难真正发生时不能起到预期的效果，造成极大的损失。一般来说，灾难恢复预案的开发应该以单位内熟悉业务流程和本机构信息系统架构的高级管理人员为主，同时配合具有灾难恢复项目实施经验的第三方共同完成。

　　作为单位资深的管理人员，可以更好地了解实际的需求以及灾难恢复预案的可行性，而作为有灾难恢复项目实施经验的第三方则可以带来灾难恢复领域的专业知识和科学方法，提供已经被验证过的灾难恢复预案的模板和样稿，带来新的工作视角。单位在开发自己的灾难恢复预案时，可以在成熟模板的基础上添加、补充单位的实际信息以构成完整的灾难恢复预案。同时，作为第三方人员，他会更主动地去把握项目的整体进度和实施周期、实施成本和实施成果，能够更好地协调和平衡不同业务部门间的协作。

　　对于具体的灾难恢复预案的开发过程和要求，我们将在附录 1 中详细描述。《信息安全技术　信息系统灾难恢复规范》（GB/T 20988—2007）中提供了灾难恢复预案框架，供大家在实际工作中参考。

　　通常，单位会为应对灾难发生和保障业务连续性而制定一系列的相关计划，针对信息系统的灾难恢复预案只是其中之一。它们的目标和范围如表 10-1 所示。

表 10-1　与紧急/灾难事件相关的计划类型

计划名称	目　标	范　围
业务连续计划	提供重大中断恢复期间维持重要业务运行的规程	涉及到业务处理，和 IT 相关的仅限于其对业务处理的支持
灾难恢复预案	提供在灾难备份中心促进恢复能力的详尽规程	通常聚焦于 IT 问题
业务恢复（或继续）计划	提供灾难后立即恢复业务运行的规程	涉及到业务处理；不聚焦于 IT 问题；和 IT 相关的仅限于其对业务处理的支持
紧急/灾难事件响应处理流程	提供为应对物理威胁、减少生命损失或伤害以及保护财产免遭损失的协调性规程	聚焦于特定设施中的人员和财产；不基于业务处理或 IT 系统功能
危机通信和公关计划	提供向个人和公众散发状态报告的规程	涉及到与个人和公众的通信；不聚焦于 IT 问题

（1）业务连续计划

业务连续计划是灾难事故的预防和反应机制，是一系列事先制定的策略和规划。它关注在中断期间和之后维持机构的业务功能。BCP 可以专门为某个特定的业务处理编写，也可以涉及到所有关键的业务处理。IT 系统在 BCP 中被认为是对于业务处理的支持。风险分析和业务影响分析、恢复策略和方案、灾难恢复预案以及业务恢复计划都可以附加在 BCP 之后。

（2）灾难恢复预案

灾难恢复预案应用于重大的、灾难性的事件，通常情况下这意味着生产中心在相当长的一段时间内无法进入，需要在灾难备份中心恢复指定的系统、应用或者计算设备。灾难恢复预案用于紧急事件后在灾难备份中心恢复目标系统。它的范围可能和 IT 应急计划和事件响应计划重叠，但是它不关心那些不需要启用灾难备份中心的问题和故障的处理。

（3）业务恢复计划

业务恢复计划又称业务继续计划，它涉及到在紧急事件后对业务处理的恢复，但和业务连续计划不同，它在整个紧急事件或中断过程中缺乏确保关键业务处理连续性的规程。BRP 的制定应该与灾难恢复预案和业务连续计划进行协调。

（4）紧急/灾难事件响应处置

在发生有可能对人员的安全健康、环境或财产构成威胁的事件时，为设施中的人员提供的响应规程。紧急/灾难事件响应处置可以附加在 BCP 之后，也可以独立执行。

（5）危机通信和公关计划

应该在灾难之前做好其内部和外部通信规程的准备工作。危机通信和公关计划通常由负责公共联络的机构制定。危机通信和公关计划规程应该和所有其他计划协调以确保只有受到批准的内容公布于众。危机通信和公关计划通常指定特定人员作为在灾难反应中回答公众问题的唯一发言人。

10.2　灾难恢复预案的管理

10.2.1　灾难恢复预案的管理内容

灾难恢复预案的管理包括对灾难恢复预案的保存与分发、更新管理和问题控制。

经过审核和批准的灾难恢复预案，应做好保存与分发工作，包括：应作为保密文件保管，由专人负责保存与分发；可以以多种形式的介质拷贝保存在不同的安全地点，应保证在生产中心以外的安全地点存放有灾难恢复预案；应加强版本管理、分发和回收，在每次修订后所有拷贝统一更新，并保留一套以备查阅，原分发的旧版本应销毁。

灾难恢复预案包含一系列的附件，包括操作脚本、操作流程、通讯录等内容，在整个生命周期中这些内容都会发生一系列的变更和调整。灾难恢复预案是一系列的包含特定使用人员和读者的文档组，保证这些文档的准确性直接关系到灾难恢复操作的顺利和准确。如何在整个生命周期内确保让合适的人员拿到最准确的信息，这就是灾难恢复预案版本控制和发布管理的首要目标。

灾难恢复预案应该定期/不定期地进行更新和审核。灾难恢复预案的更新和审核通常在下列情况发生时进行。

①灾难发生；

②演习演练；

③年度审计；

④单位人员、目标、系统架构、外部环境（自然环境、法律环境）发生调整。

灾难恢复预案的调整应该依照风险分析、业务影响分析、需求分析、策略制定、设计、实现、测试、培训的过程进行，但并不是说每次更新都必须执行所有过程，应该根据变更调整的层面向下顺序进行。例如，由于单位新增关键业务和关键信息系统后就应该按照业务影响分析—需求分析—策略制定—设计和实现—测试—培训的顺序进行；如果只是设备升级，那么只要进行相关的实现—测试—培训流程就可以了。

每一次的演习、演练或者实际发生的灾难都会考验现有的制度、流程和技术等，我们应该根据事后的总结，对发现的问题和缺陷提出改进方案，并据此更新灾难恢复预案，逐步提高它的可行性和执行效率。在演习演练及日常培训中，每个参与的人员都有义务记录发现的问题和自己的建议，应为他们提供标准的操作执行、问题和建议等记录表，有利于最后的统计和汇总，并通过更深入的分析找出灾难防范方面的漏洞和缺陷。除了在灾难恢复预案方面的更新，减少漏洞避免灾难发生是更加重要的。

10.2.2　灾难恢复预案的管理原则

第一，必须集中管理灾难恢复预案的版本和发布。灾难恢复预案的具体内容除了涉及信息技术管理部门外，还涉及业务部门、后勤保障部门、专业产品和服务厂商等。除了设备、系统、技术方案脚本的变更，还可能涉及其他部门、人员、合同内容和流程的变更。这些变更必须由统一的小组或人员汇总更新后进入新的版本，并在相关管理人员审核后发布，以确保不会发生混淆和冲突。在版本控制体系中集中建立版本序号、更新频度和职责分工等。

第二，为了建立有效的版本控制体系，必须建立规范的灾难恢复预案的问题提交、解决、更新、跟踪和发布的渠道和流程。随着单位的发展、环境的改变、人员的调整及技术的进步，灾难恢复预案一定会存在各种各样的缺陷或需要改进地方，更完善的灾难恢复预案会带来更快的恢复速度和更大的恢复成功保证。规范的问题提交、更新和发布的渠道和流程能够更有效、更全面地减少灾难恢复预案中的缺陷，保证相关人员尽快获得最新的灾难恢复预案信息。

第三，建立相关的保密管理规定，保证灾难恢复预案中涉及的秘密信息得到保护。灾难恢复预案中对系统的描述、通信端口、地理信息、人员信息和服务合同信息的描述可能涉及到单位的技术秘密和商业秘密，如果被别有用心的人员利用，会对单位造成重大的损害。在灾难恢复预案的保存和发布渠道方面要进行严密的控制，根据密级和工作需要分别发布，新的版本发放后应取回老版本的资料进行销毁。

第四，灾难恢复预案在内容管理方面应注意内容的分布和粒度，可根据版本和内容的更新频度将灾难恢复的内容进行适当的分布。例如，将管理制度（包括灾难分级、组织机构、责任分工、更新管理和版本控制发布等）、主要工作流程（包括通知汇报、损害评估和恢复管理等）、工作要点提示等变更频度不高的内容放入灾难恢复预案主体内容。对于一些独立性较强（如人员疏散手册）或更新频繁的（如人员联系手册、操作手册、恢复手册、线/网路图和备品/备件手册）可以作为附件单独地进行版本的升级和发布。

第五，建立合理的灾难恢复预案的保管制度，强调存放的安全性和易取得性。灾难恢复预案是在灾难时使用的文档，但平时需要对此进行培训、演练。易取得性是为了保证在灾难发生时迅速地获得灾难恢复预案的指导和帮助。例如，办公室内的文件柜就不是一个很好的地方，在灾难发生时，办公室可能无法进入；现在各单位常用的办公网络虽然可以作为发布平台但并不适合作为保管平台，因为当灾难发生时，这些网络和平台完全可能处于不可用的状态。易取得性必须经得住灾难环境的考验。

10.2.3　灾难恢复预案的管理方法

前面已谈到，灾难恢复预案的管理应该关注灾难恢复预案的变更管理、问题管理、版本管理和发布管理。下面就这几个方面的问题分别提供一些指导性的意见，供大家参考。

10.2.3.1　变更管理

变更管理在实际上一直很难全面做到，关键在于变更管理制度的缺失，变更范围很难判断，个别人员责任心不够强以致执行疏漏等。

以下为成功推行变更管理的要点。

（1）管理人员的支持

管理阶层要负责确保可能的变更经过评估、监督、追踪实施过程的进行。

（2）拟定计划

拟定变更管理规范，定义变更、制定权责分配、执行与记录变更的方式、判断所提改变是否有安全考虑，以及变更后检讨与改善机制、后续监测措施。

（3）变更时需提交的信息

变更前应说明所提议改变的技术基础，对于安全、健康和环保的冲击和改变，所需的时间、授权要求，是否需修改操作程序和流程，相关人员是否需培训，是否有相关信息需更新等。

（4）利用既有机制

尽量利用公司内部既有机制，例如，Help Desk、公文流转系统等。

10.2.3.2 问题管理

问题管理是发现并监视问题，直到找出根本原因并进行修复的过程和方法。问题管理通过提交问题报告，引起变更管理人员对问题的注意。变更管理人员协调相关技术及业务人员找出问题发生的原因，并提交解决方案。更新灾难恢复预案之后，变更管理小组关闭问题报告，变更恢复流程或恢复脚本，问题提交人员关闭问题报告。下面是一个问题管理的标准流程。

（1）识别及记录

发现问题的人员提交问题报告，说明问题的表现，并初步判定问题的原因。

（2）分类

问题管理人员判定问题修复的优先级，并根据问题的优先级和类型提交给相关技术和业务人员。

（3）解决

相关技术人员和业务人员针对问题报告进行分析，找出问题的根本原因并提交解决方案。

（4）更新

管理人员根据提交的解决办法更新灾难恢复预案。

（5）追踪及审查

审计人员定期审查问题报告的解决及预案的更新情况。

10.2.3.3 版本管理和发布管理

版本管理和发布管理是保证灾难恢复预案更新有序、有效并及时传达的必要管理内容。版本更新和发布管理一般需要经过以下几个过程。

（1）版本编号规则定义

版本编号规则的定义是进行版本管理的基础。版本编号一般分级编制，对每个级数必须清晰地定义调整的范围和权限。一般而言，会定义一个最小的调整阈值，例如，固定的周期、问题严重程度和变更量等。对于不超过该阈值的变更不进行版本的更新，防止频繁的版本变更造成资源的浪费和用户的混乱。

（2）基础版本创建

首先必须定义某段时间内基础版本，基础版本可能是正式发布的试用版（征求意见版），也可能是正式版的某个版本，所有的更新请求和问题报告必须根据该阶段的基础版本提交，直到下一个基础版本的正式发布。定义基础版本是为了避免问题报告和更新管理的重复和冲突。

（3）变更记录和汇总

更新管理团队提交的更新要求应该被书面记录和汇总，定期或不定期地记入内控版本的灾难恢复预案中，变更的记录和汇总应该由统一的机构或人员负责，避免冲突或混乱。

（4）版本更新

在更新积累到一定程度，超过版本更新规则定义的最小阈值后，可以为内控版本给定一个新的公开版本编号，并通过发布渠道向用户发布。

（5）新版本发布

灾难恢复预案的发布必须注意易获取和保密的原则。对于授权用户，灾难恢复预案应该是易获取的；对于非授权用户而言要注意保密。

10.3　灾难恢复预案的培训

任何纸面上完美的计划都必须经过实践的考验，没有人可以保证团队内的所有人员都会对文档的描述有完全一致的认识。通过对所有相关流程的培训和演练，你可以发现对描述目标的不够一致的理解和流程中的错误和缺陷等。培训不但可以使相关人员认识灾难恢复工作的重要性，认识自己的职责还可以培养他们面对复杂环境的信心和冷静处理问题的能力。让所有相关人员获得必要的培训是单位成功应对灾难，减少损失的关键。

为了使相关人员了解信息系统灾难恢复的目标和流程，熟悉灾难恢复的操作规程，灾难恢复预案的教育工作应该贯穿在整个灾难恢复预案的规划、建设和维护的各个阶段。在组织灾难恢复预案的教育和培训过程中应注意以下环节。

①在灾难恢复策略规划的初期，应该开始灾难恢复观念的宣传教育工作。各个职能部门必须清楚地认识到灾难恢复管理的目的、意义、过程和工作方法。保证灾难恢复策略的先进性、前瞻性和合理性。

②在灾难恢复系统建设阶段，应让相关人员了解灾难恢复系统建设的流程、特点以及应该遵循的标准和规范等。保证满足用户对灾难恢复系统的功能要求、性能要求、质量要求和工期要求等。

③在灾难恢复预案的制定阶段，应让相关人员了解预案的构成、工作方法、理论体系和职责分工等。灾难恢复预案不单单是信息技术部门的工作，还需要业务部门、后勤保障部门等人员的参与。特别是灾难恢复预案的制定不仅仅涉及本单位内部的具体情况，为了保证预案的完整性和可行性，相关人员也必须学习灾难恢复方法、常识指引、最佳实践和法律规范要求等相关知识。预案中的任何缺陷和考虑不周都可能会延误灾难的恢复过程，甚至造成更大的灾难。

④在灾难恢复预案的演习演练阶段，演习演练不仅是对灾难恢复预案的演练和验证，也是对相关操作人员和业务人员最好的培训和教育手段之一。在灾难恢复演习演练前，应该组织相关参与人员熟悉自己的角色、职责和具体的作业内容，并通过演习演练检验学习的效果和灾难恢复预案的可行性。在演习演练结束后应组织总结和讲评，发现缺陷和不足，

并提出改进措施。

⑤在灾难恢复预案的更新维护阶段，除了定期地进行演习演练外，还应该关注变更的管理和发布，应对变更影响范围内的操作、业务人员第一时间安排通知和再教育。对新近入职和转职人员在正式上岗前，也应该保证至少一次的灾难恢复和应急的流程制度和技能的教育。保证业务、操作人员在灾难发生时的响应是正确的和一致的。

除了在各个阶段要完成不同的培训教育任务外，对于不同等级和部门的人员培训教育的内容和目标也不尽相同。

①作为机构管理者，必须知道信息系统灾难可能造成的影响，明确决策的依据、流程和权限。

②作为灾难恢复指挥人员，必须知道机构灾难恢复策略、应急响应的流程、通信清单、物资储备和调度资源的范围与方法等。

③作为评估小组人员，必须掌握相关的评估测试技术工具的使用、工作流程、工作表格、简报的原则和恢复技术手段。

④作为信息技术恢复人员，必须掌握相关领域的技术基础知识和基本操作，明确灾难恢复时操作的范围和权限，必须使用的命令和脚本，并知道操作指令下达的渠道和工作结果回报的格式及渠道。

⑤作为信息技术恢复支持人员，可能会分属于不同的部门提供相关的物资、财务、运输、法律、保险、医疗等服务支持和技术支持。恢复支持人员除了必须了解本部门/领域的工作流程、工作技能外，还必须了解在灾难发生时，适用流程制度体系的差异，例如，紧急调拨、现场采购、交通路线调度和纠纷赔偿处理等，均会与正常运作时的情况有较大的不同。

一个成功的灾难恢复预案的培训还需要有一个完备的培训计划。

准备一个好的培训计划是一件艰巨的工作。培训计划应定义培训的目标、方式、师资来源和培训范围，如果需要，还应该将接受培训的人群进行划分，针对不同的人员类别和不同等级制定不同的培训目标，例如，管理层、恢复团队成员、保障团队成员、外部厂商服务商人员、业务人员和一般员工等。

在灾难恢复预案的培训中应该区分不同的培训对象，并提出不同的培训要求，安排不同的培训计划。除了定义培训的目标和对象和时间计划外，还应定期地更新培训教程和培训目标。培训计划不能影响关键业务的开展。应根据培训和训练中发现的问题及时更新灾难恢复预案，并根据更新的结果适当调整培训内容。

10.4　灾难恢复预案的演练

建立灾难备份系统和制定灾难恢复预案，最终的目的是希望一旦发生灾难性事件时，可以利用灾难备份系统以及相应的灾难恢复预案完成信息系统的恢复，保持业务的连续性。所有的组织都不希望看到：出现灾难情况时，他们所建立的灾难备份系统或灾难恢复预案无效或不能及时地进行恢复业务。因此，如何检验和确保灾难备份系统的有效性？如何检验和确保灾难恢复预案的有效性？如何确保相应的灾难恢复预案可以顺利地由灾难恢复团队执行和运作？这都成为一个单位建立灾难备份系统和灾难恢复预案后必须面对的问题。

要回答上面的问题，检验灾难备份系统的有效性、灾难恢复预案的有效性，演练是一个重要的手段和方法。通过演练，可以发现灾难备份系统的缺失或灾难恢复预案的不足，并加以改进，以便确保相应的灾难备份系统和灾难恢复预案可以在危机关头提供有效的保护和支持。

10.4.1　演练的目的

根据各个等级的灾难备份系统策略，可以进行不同类型的演练，但整体上讲，演练一般需要达到以下的目标。

（1）验证能力

灾难恢复是一个系统工程，包含基础环境、灾难备份系统、相关的恢复预案和组织协调等，通过演练，对相应的内容是否可以支撑灾难时的业务恢复需求进行检验。

关于基础环境部分，需要对灾难恢复时的场地、业务恢复环境、配套设施和灾难恢复时 IT 系统所依赖的基础设施，如 UPS、供电、机房环境和进入控制等各个方面的能力是否可以满足灾难恢复的需要进行检验。

关于灾难备份系统，需要对数据备份系统、备用数据处理系统、备份网络系统等各个方面进行检验和验证。对灾难备份系统的运营和管理能力也是一种检验，通过演练，可以对灾难备份系统在日常运营管理情况、数据同步情况、系统版本管理情况、灾难备份中心的响应及时性和有效性进行检验和验证。

通过演练，也是对整个灾难恢复执行过程中组织协调能力的检验和验证。在灾难发生时，需要面对媒体公关、客户安抚、员工指引等各项工作的有序开展和及时协调等多方面的工作，对灾难恢复的组织机构、人员操作和工作协调均有着较高的要求。通过演练也可以检验单位是否已经具备了相应的应变能力和执行力，确保在基础环境、灾难备份 IT 系统等硬件基础上，各项相关方面都已经准备有序。

以上各个方面的能力只有通过演练和演习才能体现出来，也只有通过以上各个方面能力的整体综合检验，才可以确保灾难备份系统和灾难恢复预案是一个可以信赖的，可以在发生灾难事件时具备相应的灾难恢复能力。

（2）发现不足

建立灾难备份系统和制定灾难恢复预案，只是一个基础和起点，并不是一个一劳永逸的工作。

对于初次建立的灾难备份系统和灾难恢复预案，需要通过演练和演习来发现不足。对于已经进入正常运营的灾难备份系统和灾难恢复预案，由于业务、IT 系统的变化和变更以及组织架构的变化和调整，也需要不断地进行演练和演习，以发现和解决问题，确保灾难备份系统和灾难恢复预案的正确性、有效性和可操作性。

（3）流程改进

为了灾难备份系统的有效恢复，在灾难恢复预案中定义了不少的流程和规范，这些工作流程和规范在相当大的程度上保证了在灾难事件的危机情况下各项工作的有序执行与有效恢复。

这些流程和规范会随着技术和业务的发展不断变化和优化。通过演练和演习，我们可以发现流程和规范上的不足，不断进行改进，确保灾难恢复工作可以有效的运作。

（4）锻炼团队

所有的工作都是由人来完成的，灾难备份系统的可用性和有效性需要依靠运营团队，灾难恢复预案的执行、系统的恢复和业务的连续性需要依靠各个恢复团队的有效执行。因此，如何保证各个团队以及相关人员对灾难恢复工作熟悉和有效执行是灾难恢复的关键。

通过演练，可以使灾难恢复的指挥团队、技术恢复团队、业务恢复团队和后勤保障团队等熟悉、了解相关的策略、流程和方法；通过演练，使相关团队的人员能进行实际操作和完成具体的工作内容，使相关人员掌握相关的技术和规程；通过演练，也使各个业务部门、后勤部门和公关控制部门了解情况和处理的方法，在整体上保证灾难恢复和业务连续性。

特别是在灾难危机情况下，人员的心理和生理均会有不同程度的冲击，在平时通过演练和演习，使相关人员和团队对相关工作和流程有一定的熟悉和掌握，可以有效地避免危急情况下出现的混乱情况和保证各项工作有序开展。

10.4.2　演练的方式

根据不同的需要和具体的情况，灾难恢复的演练可以有多种不同的形式和深度，在熟悉灾难恢复预案、组织协调以及人员的工作执行能力等各个方面进行演练和检验。

总体上讲，演练的主要方式有：

- 桌面演练；
- 模拟演练；
- 实战演练等。

根据演练的深度，可分为：

- 系统级演练；
- 应用级演练；
- 业务级演练等。

根据演练的准备情况，可分为：

- 计划内的演练；
- 计划外的演练等。

即检验灾难备份系统和灾难恢复团队在计划安排情况下和非计划安排、突然通知的情况下的应变能力和实际恢复效果。

下面对各种主要的演练方式进行介绍。

（1）桌面演练

桌面演练，顾名思义就是采用会议等方式在室内进行的模拟演练，所有演练工作和参与的人员均采用工作坊或会议等形式，对可能的灾难情景进行模拟演练，往往不牵扯真正的系统切换、业务恢复和实地操作，主要参与人员根据灾难情景假设，表述自己的响应和处理行动，并对灾难恢复期间的组织协调、职责分工、需要进行的工作和具体内容进行纸面或口头的表述和演练。

桌面演练具有实施容易、成本低廉、风险低等特点，往往在进行培训、场景演练和一些大型演练之前的准备工作中采用。

通过桌面演练，可以检验各个参与人员和团队是否熟悉和明了自己的职责、任务，可以检验组织协调工作的路径和方式是否清晰和适用等，也可以检验灾难恢复预案是否与实际情况和组织架构相适应，使各个相关人员对灾难恢复的场景、流程、任务和指挥协调方式进行熟悉和掌握，使各个恢复团队和相关人员对全局有一个整体的了解和掌握，使得一旦发生问题可以更有效地进行灾难恢复工作。

桌面演练是一种"纸上谈兵"的演练形式。由于桌面演练形式、内容和方式的特点，它往往不能实际检验灾难备份系统和灾难恢复预案的实际效果，它主要的作用和目的在于对人员、手册、流程等方面进行培训和一定程度上的检验。

（2）模拟演练

模拟演练一般采用实际灾难备份系统和利用灾难恢复预案进行模拟的系统切换和进行业务恢复的模拟演练。大多数灾难备份系统和灾难备份预案采用模拟演练进行业务连续性能力的检验。

模拟演练一般包含以下工作：事前的准备工作，制定相应的演练工作计划，演练前的准备会议和分工，使用备份系统进行系统切换和系统恢复，使用备份网络进行网络切换和恢复，依照灾难恢复预案进行相应的业务恢复工作，在灾难备份系统完成系统恢复和网络恢复后进行业务的模拟演练和检验。

在进行模拟演练时，可能会一定程度上对正常的业务服务产生影响，如在进行灾难恢复演练时，为保证业务的处理不发生混乱，可能会短时间中断参与演练地区的正常对外服务，具有一定的风险。因此，一些单位的模拟演练往往会选择在业务处理影响较小的夜间和假期进行。

通过模拟演练，可以相当真实地检验灾难备份系统的可用性、有效性，可以检验灾难备份系统和灾难恢复预案是否可以满足业务恢复的需求和业务连续性的策略要求，可以有效地检验各个恢复团队的工作能力、对灾难恢复流程和任务的掌握程度、各个部门与各个恢复团队的相互配合和组织协调情况。

通过模拟演练，可以在相当程度上使参与人员熟悉灾难的场景、工作任务的执行过程、工作的流程和组织协调方法，使得一旦发生灾难时可以保持冷静和镇定，并且可以根据平时的模拟演练所得到的经验和积累进行相应的恢复工作。

（3）实战演练

桌面演练和模拟演练均是利用灾难备份系统和灾难恢复预案，在灾难备份系统上进行业务的恢复和模拟演练，并不真正将生产运行系统切换到备份系统上对外提供正常的业务服务。在一些单位中，特别是一些关键的业务和公众服务支持系统，为确保灾难恢复的有效性，有进行实战演练的需要。

实战演练与模拟演练不同的是：在灾难备份系统上完成系统恢复和业务恢复后，会将业务处理真正切换到灾难备份系统上，由灾难备份系统提供正常的业务服务，所有实战演练期间的业务处理均由灾难备份系统提供服务和进行处理。原来的生产系统可以进行必要的系统维护或为灾难备份系统提供后续支持。

实战演练说起来容易做起来有相当的难度。由于系统切换的复杂性，在进行系统切换和业务恢复时，可能会存在一定的风险因素，包括系统的风险和业务恢复的风险，并且也可能会存在短时间的服务中断，实际能进行实战演练的灾难备份系统并不是非常多。但是，通过实战演练，可以最大程度地检验灾难备份系统和灾难恢复预案的有效性和恢复能力。

灾难恢复的演练主要可以归纳为以上 3 种方式。根据其深度的不同，以上各种演练方式还可以分为系统级演练、应用级演练和业务级演练。

（1）系统级演练

系统级演练，主要是根据需要和实际情况仅进行 IT 系统级的演练，确认和检验灾难备份系统能进行必要的恢复工作，保证能提供某一个范围的系统恢复能力，如主机系统的恢复演练和网络系统的恢复演练等。

（2）应用级演练

应用级演练，主要指根据需要和实际情况，进行整个业务应用系统的恢复，并且主要侧重于 IT 应用系统的恢复，通常为信息技术部门内部进行的演练和检验。并不会引入业务部门的参与进行大规模的业务演练工作。

（3）业务级演练

业务级演练，主要指根据需要和实际情况，进行包含业务部门和各个分支机构参与的灾难备份恢复演练工作，会在前面系统级演练、应用级演练的基础上，由业务恢复团队或业务部门、分支机构进行业务的恢复和处理，以检验灾难恢复能力。

根据演练的准备情况，演练还可以分为计划内演练和计划外演练。

（1）计划内演练

计划内演练，主要指事先进行详细的演练工作计划，并且各参与人员事前已经明确得到通知和有相应的准备。演练工作基本上按计划进行。

（2）计划外演练

计划外演练，主要指各个恢复团队和相关系统在事前没有得到通知的情况下，采用突然通知的方式进行某种灾难场景的演练，可以进一步真实模拟灾难危机发生时的特点和情况，检验灾难备份系统、灾难恢复预案、灾难恢复各个相关人员的应急处理和反应，检验系统和业务的恢复能力和恢复情况。

事实上，随着灾难备份系统、灾难恢复预案和组织的建立与完善，以上多种演练方式会在一次演练中混合使用或交替采用，甚至一个大型灾难备份系统的演练可能包含以上各种演练方式。通过以上各种演练，可以使得系统和业务的恢复能力和恢复效果得到有效的检验，使得灾难恢复团队得到有效的锻炼和检验。

10.4.3 演练的过程管理

各个单位，应根据自身的灾难备份策略和灾难恢复预案，确定不同的演练方式和内容，并组织进行演练。

在演练过程中，主要关注和明确以下主要内容。

（1）场景管理

所有的灾难恢复演练均需要基于一个灾难的场景或假设，这个场景或假设代表着灾难备份系统、灾难恢复预案所防备的风险和需要面对的危机情况。

对于风险和灾难，可能会有多种情况，如火灾、地震、台风、系统故障和电力中断等，对于演练的场景，我们必须有一定的代表性和针对性。

对于多数灾难恢复预案演练的场景，我们往往基于最坏的考虑，如像生产系统不能使用或无法提供服务这样的场景或假设，这样的场景和假设可以代表大多数的灾难情况以及造成的后果，不用拘泥于具体的场景和情况，将主要注意力集中到如何进行系统恢复和业务恢复。

当然，为了进行一些针对性较强的演练，根据平时出现过或具有直接威胁的风险可以专门设计相关的场景演练，以增强灾难场景的真实感和现场感，并且适当演练针对各种灾难事件的响应和决策流程，例如，以主机环境电力中断、空调系统严重故障、机房受到水淹威胁为场景进行演练。

因此，针对演练的主要目的和需要解决的问题，可以设计不同的场景和假设进行演练。

（2）组织和团队

在前面章节中已经指出，灾难恢复预案中一个重要的内容是明确相关的灾难恢复组织架构，并且依靠相应的组织和团队进行灾难恢复工作。演练的重要目的也是培训和锻炼相关的组织和团队能真正掌握有关的流程和任务，保证在灾难的情况下能进行有效及时的恢复。

演练的组织架构与灾难恢复预案中明确的组织架构一致，主要包含以下团队。

①灾难恢复演练指挥小组负责灾难恢复演练期间总体的协调指挥和决策，一般包括：灾难恢复演练总指挥、灾难恢复演练协调人、通信小组及助理人员等。灾难恢复的总指挥一般由单位的直接负责人担任或其指定的授权人担任。

②灾难恢复评估小组成员由各系统专家组成，负责演练期间对灾害损害的范围、大小及可能需要的修复时间和修复资源进行评估。

③灾难恢复技术小组负责具体演练期间系统的恢复工作，一般包括：环境设施恢复小组、主机系统恢复小组、应用系统恢复小组和网络恢复小组等，每个小组包括组长和恢复技术人员若干。

④灾难恢复支持小组主要负责演练期间后勤保障和技术支持等，主要包括：后勤支持小组、厂商支持、业务支持以及法律和保险支持等。

（3）演练过程的管理

第一，基于演练的场景和假设前提下，制定演练的方案和计划，并得到演练领导小组的审批和批准。

第二，根据相关的计划，在演练前进行准备会议，明确人员安排、职责分工、任务安排和时间计划，并根据演练的需要落实相应的资源，如备份主机资源、人员安排、业务部门的配合要求、演练使用的案例和基础数据清单等。

第三，需要清晰地定义指挥协调机制，包括汇报的路径和流程、指挥协调的工作方法和机制、各个团队和单位的协调配合机制，以确保整个演练过程的顺利进行，并且需要参与演练的各个团队和人员对相关的工作汇报、指挥协调机制达到应有的了解和掌握。

第四，根据演练的规模和复杂程度，可能需要对于演练中出现的问题如何处理、如何跟进以及如何知会相关人员和单位给出一定的指引。在灾难事件和演练过程中，由于灾难事件的不确定性和系统/业务的复杂性，随时可能出现意外的情况和问题，需要适当安排应急处理人员和相应的工作流程使问题能得到及时的处理，相应的信息可以及时合理地进行沟通，保证整个演练的顺利进行。

在完成以上准备工作后，便可以根据有关的计划和灾难恢复预案进行演练。在演练中，根据计划，各个恢复团队使用灾难恢复预案中的流程和手册进行系统恢复和业务恢复，通过有关的工作，检验相关的流程和手册的有效性和正确性，并检验各个工作需要的时间和相互的配合，在整体上检验灾难恢复的成效和所需时间是否符合单位的策略和需求。

对大型灾难备份系统进行的演练和演习，还可能需要专业的方法和专业的手段进行组织准备工作，适当的情况下，可以利用专业的灾难恢复服务商的力量提供协助，借鉴专业的成功经验和业界的最佳实践指导，建立相关的演练模式和流程。

（4）演练过程的记录

对于灾难恢复演练，需要全程进行记录，记录的目的是检查各项工作的完成情况，是否按时间计划进行，中间出现的问题和需要改进的地方。

在演练过程中以及将来在灾难恢复工作中，需要建立一些记录表格或表单，对工作内容、开始时间、结束时间和当时的情况等进行填写和记录。有效保存当时的情况以及所进行的处理，对事后的总结和评估十分有意义。

在演练过程中，若具体的情况和操作过程与灾难恢复预案中定义的流程和操作命令有不符的情况，必须进行相应的调整和补充，相关的人员必须详细记录有关的操作步骤和过程，以便在后续的完善工作中对灾难恢复预案和流程进行调整和优化。

有关的记录、各方专家和资源提供协助与制定解决方案等重要基础资料，灾难期间和恢复过程中的主要情况、采取的措施和策略、具体的操作过程，如同刑侦工作需要保留现场一样，在可能的情况下均应留有一定的记录，用于问题的追踪和处理的留底。同样，在演练过程中也需要建立良好的记录工作习惯和工作流程，为事后的总结和评估等后续工作提供重要的支持和基础。

10.4.4　演练的总结和评估等后续工作

演练完成后，需要进行总结和评估工作。对演练的效果、灾难备份系统的能力、团队的执行情况和整体恢复效果进行总结和评估，以改善相关的灾难恢复预案、工作流程和工作团队等各个方面的内容，确保一旦发生灾难，可以进行有效的恢复，保证单位的业务连续性和对外的服务水平。

（1）总结和评估

演练的总结和评估十分重要，在演练完成后，总结和评估工作不应拖得太久，应尽快进行，以保证有关的问题和意见能及时发现和处理。

在演练总结时，可能需要各个恢复团队和重要人员进行汇报和小结，通过演练的汇报和小结，参与者可能会发现灾难恢复策略和流程中忽略的一些重要的需求和问题，从而帮助单位有效地改善灾难恢复预案和策略，提高单位的灾难恢复能力。

通过演练的总结和评估，可以对灾难恢复预案的有效性、各恢复团队和相关人员的执行情况、人员对计划和手册的熟悉程度进行评估，对整个业务恢复的成效和时间要求是否达到预期的效果和目标进行总结和评估，从而对单位的灾难恢复能力和效果有一个清晰的认识和检验。

通过演练和总结，也可以对参与演练的各个团队和单位的管理层、员工带来一定的心理安慰，使得相关的人员对灾难的情况、恢复的流程和恢复的成效有相当的熟悉和了解，增强应对灾难的信心和防止灾难事件发生时出现的混乱情况。

（2）完善和调整

实践是检验真理的唯一标准，通过演练，对灾难备份系统和灾难恢复预案进行全面的检验和测试，对灾难恢复团队和各个相关人员进行全面的锻炼和培养，对各项工作和团队成员之间的相关性和依赖关系进行全面的体现和梳理。

在演练过程中，可能会发现不少问题和变化，这可能与灾难备份系统的复杂性、灾难事件的不确定性，以及业务和 IT 系统的发展变化有着密切的关系。通过演练，使相应的流程和工作内容得以完善和调整，相应的灾难恢复预案得以完善和优化，以确保整个灾难备份系统和灾难恢复预案能始终保持良好的可用性和有效性，从而保证单位的灾难恢复能力和业务连续性。

在完善有关的系统和预案后，需要根据前述章节的灾难恢复预案的管理方法进行版本更新和维护，并进行适当的分发和保存，才能算完整地完成灾难恢复的演练工作。

附录1：GB/T 20988—2007《信息安全技术 信息系统灾难恢复规范》

1 范围

本标准规定了信息系统灾难恢复应遵循的基本要求。

本标准适用于信息系统灾难恢复的规划、审批、实施和管理。

2 规范性引用文件

下列文件中的条款通过本标准的引用而成为本标准的条款。凡是注日期的引用文件，其随后所有的修改单（不包括勘误的内容）或修订版均不适用于本标准，然而，鼓励根据本标准达成协议的各方研究是否可使用这些文件的最新版本。凡是不注日期的引用文件，其最新版本适用于本标准。

GB/T 5271.8—2001 信息技术 词汇 第 8 部分：安全

GB/T 20984 信息安全技术 信息安全风险评估规范

3 术语和定义

3.1 灾难备份中心 backup center for disaster recovery

备用站点 alternate site

用于灾难发生后接替主系统进行数据处理和支持关键业务功能（3.6）运作的场所，可提供灾难备份系统（3.3）、备用的基础设施和专业技术支持及运行维护管理能力，此场所内或周边可提供备用的生活设施。

3.2 灾难备份 backup for disaster recovery

为了灾难恢复（3.9）而对数据、数据处理系统、网络系统、基础设施、专业技术支持能力和运行管理能力进行备份的过程。

3.3 灾难备份系统 backup system for disaster recovery

用于灾难恢复（3.9）目的，由数据备份系统、备用数据处理系统和备用的网络系统组成的信息系统。

3.4 业务连续管理 business continuity management

BCM

为保护组织的利益、声誉、品牌和价值创造活动，找出对组织有潜在影响的威胁，提供建设组织有效反应恢复能力的框架的整体管理过程。包括组织在面临灾难时对恢复或连续性的管理，以及为保证业务连续计划或灾难恢复预案的有效性的培训、演练和检查的全部过程。

3.5 业务影响分析 business impact analysis

BIA

分析业务功能及其相关信息系统资源、评估特定灾难对各种业务功能的影响的过程。

3.6 关键业务功能 critical business functions

如果中断一定时间，将显著影响组织的正常运作，导致组织的主要职能或服务无法开展。

3.7 数据备份策略 data backup strategy

为了达到数据恢复和重建目标所确定的备份步骤和行为。通过确定备份时间、技术、介质和场外存放方式，以保证达到恢复时间目标（3.18）和恢复点目标（3.19）。

3.8 灾难 disaster

由于人为或自然的原因，造成信息系统严重故障或瘫痪，使信息系统支持的业务功能停顿或服务水平不可接受、达到特定的时间的突发性事件。通常导致信息系统需要切换到灾难备份中心（3.1）运行。

3.9 灾难恢复 disaster recovery

为了将信息系统从灾难（3.8）造成的故障或瘫痪状态恢复到可正常运行状态，并将其支持的业务功能从灾难造成的不正常状态恢复到可接受状态，而设计的活动和流程。

3.10 灾难恢复预案 disaster recovery plan

定义信息系统灾难恢复过程中所需的任务、行动、数据和资源的文件。用于指导相关人员在预定的灾难恢复目标内恢复信息系统支持的关键业务功能。

3.11 灾难恢复规划 disaster recovery planning

DRP

为了减少灾难带来的损失和保证信息系统所支持的关键业务功能（3.6）在灾难发生后能及时恢复和继续运作所做的事前计划和安排。

3.12 灾难恢复能力 disaster recovery capability

在灾难发生后利用灾难恢复资源和灾难恢复预案及时恢复和继续运作的能力。

3.13 演练 exercise

为训练人员和提高灾难恢复能力而根据灾难恢复预案（3.10）进行活动的过程。包括桌面演练、模拟演练、重点演练和完整演练等。

3.14 场外存放 offsite storage

将存储介质存放到离主中心（3.15）有一定安全距离的物理地点的过程。

3.15 主中心 primary center

主站点 primary site
生产中心 production center
主系统所在的数据中心。

3.16 主系统 primary system

生产系统 production system
正常情况下支持组织日常运作的信息系统。包括主数据、主数据处理系统和主网络。

3.17 区域性灾难 regional disaster

造成所在地区或有紧密联系的邻近地区的交通、通信、能源及其它关键基础设施受到严重破坏，或大规模人口疏散的事件。

3.18 恢复时间目标 recovery time objective

RTO
灾难发生后，信息系统或业务功能从停顿到必须恢复的时间要求。

3.19 恢复点目标 recovery point objective

RPO
灾难发生后，系统和数据必须恢复到的时间点要求。

3.20 重续 resumption

灾难备份中心（3.1）替代主中心（3.15）支持关键业务功能（3.6）重新运作的过程。

3.21 回退 return

复原 restoration
支持业务运作的信息系统从灾难备份中心（3.1）重新回到主中心（3.15）运行的过程。

4 灾难恢复概述

4.1 灾难恢复的工作范围

信息系统的灾难恢复工作，包括灾难恢复规划和灾难备份中心的日常运行、关键业务功能在灾难备份中心的恢复和重续运行，以及主系统的灾后重建和回退工作，还涉及突发事件发生后的应急响应。

其中，灾难恢复规划是一个周而复始、持续改进的过程，包含以下几个阶段：

——灾难恢复需求的确定；

——灾难恢复策略的制定；

——灾难恢复策略的实现；

——灾难恢复预案的制定、落实和管理。

4.2 灾难恢复的组织机构

4.2.1 组织机构的设立

信息系统的使用或管理组织（以下简称"组织"）应结合其具体情况建立灾难恢复的组织机构，并明确其职责。其中一些人可负责两种或多种职责，一些职位可由多人担任（灾难恢复预案中应明确他们的替代顺序）。

灾难恢复的组织机构由管理、业务、技术和行政后勤等人员组成，一般可设为灾难恢复领导小组、灾难恢复规划实施组和灾难恢复日常运行组。

组织可聘请具有相应资质的外部专家协助灾难恢复实施工作，也可委托具有相应资质的外部机构承担实施组以及日常运行组的部分或全部工作。

4.2.2 组织机构的职责

4.2.2.1 灾难恢复领导小组

灾难恢复领导小组是信息系统灾难恢复工作的组织领导机构，组长应由组织最高管理层成员担任。领导小组的职责是领导和决策信息系统灾难恢复的重大事宜，主要如下：

——审核并批准经费预算；

——审核并批准灾难恢复策略；

——审核并批准灾难恢复预案；

——批准灾难恢复预案的执行。

4.2.2.2 灾难恢复规划实施组

灾难恢复规划实施组的主要职责是负责：

——灾难恢复的需求分析；

——提出灾难恢复策略和等级；

——灾难恢复策略的实现；

——制定灾难恢复预案；

——组织灾难恢复预案的测试和演练。

4.2.2.3 灾难恢复日常运行组

灾难恢复日常运行组的主要职责是负责:

——协助灾难恢复系统实施;

——灾难备份中心日常管理;

——灾难备份系统的运行和维护;

——灾难恢复的专业技术支持;

——参与和协助灾难恢复预案的教育、培训和演练;

——维护和管理灾难恢复预案;

——突发事件发生时的损失控制和损害评估;

——灾难发生后信息系统和业务功能的恢复;

——灾难发生后的外部协作。

4.3 灾难恢复规划的管理

组织应评估灾难恢复规划过程的风险、筹备所需资源、确定详细任务及时间表、监督和管理规划活动、跟踪和报告任务进展以及进行问题管理和变更管理。

4.4 灾难恢复的外部协作

组织应与相关管理部门、设备及服务提供商、电信、电力和新闻媒体等保持联络和协作,以确保在灾难发生时能及时通报准确情况和获得适当支持。

4.5 灾难恢复的审计和备案

灾难恢复的等级评定、灾难恢复预案的制定,应按有关规定进行审计和备案。

5 灾难恢复需求的确定

5.1 风险分析

风险分析的主要内容包括: 标识信息系统的资产价值,识别信息系统面临的自然的和人为的威胁,识别信息系统的脆弱性,分析各种威胁发生的可能性并定量或定性描述可能造成的损失,识别现有的风险防范和控制措施。通过技术和管理手段,防范或控制信息系统的风险。依据防范或控制风险的可行性和残余风险的可接受程度,确定对风险的防范和控制措施。信息系统风险评估方法可参考 GB/T 20984《信息安全技术 信息安全风险评估规范》。

5.2 业务影响分析

5.2.1 分析业务功能和相关资源配置

对组织的各项业务功能及各项业务功能之间的相关性进行分析,确定支持各种业务功能的相应信息系统资源及其它资源，明确相关信息的保密性、完整性和可用性要求。

5.2.2 评估中断影响

应采用如下的定量和/或定性的方法，对各种业务功能的中断造成的影响进行评估：

定量分析：以量化方法，评估业务功能的中断可能给组织带来的直接经济损失和间接经济损失；

定性分析：运用归纳与演绎、分析与综合以及抽象与概括等方法，评估业务功能的中断可能给组织带来的非经济损失，包括组织的声誉、顾客的忠诚度、员工的信心、社会和政治影响等。

5.3 确定灾难恢复目标

根据风险分析和业务影响分析的结果，确定灾难恢复目标，包括：

关键业务功能及恢复的优先顺序；

灾难恢复时间范围，即 RTO 和 RPO 的范围。

6 灾难恢复策略的制定

6.1 灾难恢复策略制定的要素

6.1.1 灾难恢复资源要素

支持灾难恢复各个等级所需的资源（以下简称"灾难恢复资源"）可分为如下 7 个要素：

——数据备份系统：一般由数据备份的硬件、软件和数据备份介质（以下简称"介质"）组成，如果是依靠电子传输的数据备份系统，还包括数据备份线路和相应的通信设备；

——备用数据处理系统：指备用的计算机、外围设备和软件；

——备用网络系统：最终用户用来访问备用数据处理系统的网络，包含备用网络通信设备和备用数据通信线路；

——备用基础设施：灾难恢复所需的、支持灾难备份系统运行的建筑、设备和组织，包括介质的场外存放场所、备用的机房及灾难恢复工作辅助设施，以及容许灾难恢复人员连续停留的生活设施；

——专业技术支持能力：对灾难恢复系统的运转提供支撑和综合保障的能力,以实现灾难恢复系统的预期目标，包括硬件、系统软件和应用软件的问题分析和处理能力、网络系统安全运行管理能力、沟通协调能力等；

——运行维护管理能力：包括运行环境管理、系统管理、安全管理和变更管理等；

——灾难恢复预案。

6.1.2 成本效益分析原则

根据灾难恢复目标，按照灾难恢复资源的成本与风险可能造成的损失之间取得平衡的原则（以下简称"成本风险平衡原则"）确定每项关键业务功能的灾难恢复策略，不同的业务功能可采用不同的灾难恢复策略。

6.1.3　灾难恢复策略的组成

灾难恢复策略主要包括：
——灾难恢复资源的获取方式；
——灾难恢复能力等级（见附录 A），或灾难恢复资源各要素的具体要求。

6.2　灾难恢复资源的获取方式

6.2.1　数据备份系统

数据备份系统可由组织自行建设，也可通过租用其它机构的系统而获取。

6.2.2　备用数据处理系统

可选用以下三种方式之一来获取备用数据处理系统：
——事先与厂商签订紧急供货协议；
——事先购买所需的数据处理设备并存放在灾难备份中心或安全的设备仓库；
——利用商业化灾难备份中心或签有互惠协议的机构已有的兼容设备。

6.2.3　备用网络系统

备用网络通信设备可通过 6.2.2 所述的方式获取；备用数据通信线路可使用自有数据通信线路或租用公用数据通信线路。

6.2.4　备用基础设施

可选用以下三种方式获取备用基础设施：
——由组织所有或运行；
——多方共建或通过互惠协议获取；
——租用商业化灾难备份中心的基础设施。

6.2.5　专业技术支持能力

可选用以下几种方式获取专业技术支持能力：
——灾难备份中心设置专职技术支持人员；
——与厂商签订技术支持或服务合同；
——由主中心技术支持人员兼任；但对于 RTO 较短的关键业务功能，应考虑到灾难发生时交通和通信的不正常，造成技术支持人员无法提供有效支持的情况。

6.2.6　运行维护管理能力

可选用以下对灾难备份中心的运行维护管理模式：
——自行运行和维护；

——委托其它机构运行和维护。

6.2.7 灾难恢复预案

可选用以下方式，完成灾难恢复预案的制定、落实和管理：

——由组织独立完成；

——聘请具有相应资质的外部专家指导完成；

——委托具有相应资质的外部机构完成。

6.3 灾难恢复资源的要求

6.3.1 数据备份系统

组织应根据灾难恢复目标，按照成本风险平衡原则，确定：

——数据备份的范围；

——数据备份的时间间隔；

——数据备份的技术及介质；

——数据备份线路的速率及相关通信设备的规格和要求。

6.3.2 备用数据处理系统

组织应根据关键业务功能的灾难恢复对备用数据处理系统的要求和未来发展的需要，按照成本风险平衡原则，确定备用数据处理系统的：

——数据处理能力；

——与主系统的兼容性要求；

——平时处于就绪还是运行状态。

6.3.3 备用网络系统

组织应根据关键业务功能的灾难恢复对网络容量及切换时间的要求和未来发展的需要，按照成本风险平衡原则，选择备用数据通信的技术和线路带宽，确定网络通信设备的功能和容量，保证灾难恢复时，最终用户能以一定速率连接到备用数据处理系统。

6.3.4 备用基础设施

组织应根据灾难恢复目标，按照成本风险平衡原则，确定对备用基础设施的要求，包括：

——与主中心的距离要求；

——场地和环境（如面积、温度、湿度、防火、电力和工作时间等）要求；

——运行维护和管理要求。

6.3.5 专业技术支持能力

组织应根据灾难恢复目标，按照成本风险平衡原则，确定灾难备份中心在软件、硬件和网络等方面的技术支持要求，包括技术支持的组织架构、各类技术支持人员的数量和素质等要求。

6.3.6　运行维护管理能力

组织应根据灾难恢复目标，按照成本风险平衡原则，确定灾难备份中心运行维护管理要求，包括运行维护管理组织架构、人员的数量和素质、运行维护管理制度等要求。

6.3.7　灾难恢复预案

组织应根据需求分析的结果，按照成本风险平衡原则，明确灾难恢复预案的：
——整体要求；
——制定过程的要求；
——教育、培训和演练要求；
——管理要求。

7　灾难恢复策略的实现

7.1　灾难备份系统技术方案的实现

7.1.1　技术方案的设计

根据灾难恢复策略制定相应的灾难备份系统技术方案，包含数据备份系统、备用数据处理系统和备用的网络系统。技术方案中所设计的系统，应：
——获得同主系统相当的安全保护；
——具有可扩展性；
——考虑其对主系统可用性和性能的影响。

7.1.2　技术方案的验证、确认和系统开发

为确保技术方案满足灾难恢复策略的要求，应由组织的相关部门对技术方案进行确认和验证，并记录和保存验证及确认的结果。

按照确认的灾难备份系统技术方案进行开发，实现所要求的数据备份系统、备用数据处理系统和备用网络系统。

7.1.3　系统安装和测试

按照经过确认的技术方案，灾难恢复规划实施组应制定各阶段的系统安装及测试计划，以及支持不同关键业务功能的系统安装及测试计划，并组织最终用户共同进行测试。确认以下各项功能可正确实现：
——数据备份及数据恢复功能；
——在限定的时间内，利用备份数据正确恢复系统、应用软件及各类数据，并可正确恢复各项关键业务功能；

——客户端可与备用数据处理系统通信正常。

7.2 灾难备份中心的选择和建设

7.2.1 选址原则

选择或建设灾难备份中心时，应根据风险分析的结果，避免灾难备份中心与主中心同时遭受同类风险。灾难备份中心包括同城和异地两种类型，以规避不同影响范围的灾难风险。

灾难备份中心应具有数据备份和灾难恢复所需的通信、电力等资源，以及方便灾难恢复人员和设备到达的交通条件。

灾难备份中心应根据统筹规划、资源共享、平战结合的原则，合理地布局。

7.2.2 基础设施的要求

新建或选用灾难备份中心的基础设施时：

——计算机机房应符合有关国家标准的要求；

——工作辅助设施和生活设施应符合灾难恢复目标的要求。

7.3 专业技术支持能力的实现

组织应根据灾难恢复策略的要求，获取对灾难备份系统的专业技术支持能力。

灾难备份中心应建立相应的技术支持组织，定期对技术支持人员进行技能培训。

7.4 运行维护管理能力的实现

为了达到灾难恢复目标，灾难备份中心应建立各种操作规程和管理制度，用以保证：

——数据备份的及时性和有效性；

——备用数据处理系统和备用网络系统处于正常状态，并与主系统的参数保持一致；

——有效的应急响应、处理能力。

7.5 灾难恢复预案的实现

7.5.1 灾难恢复预案的制定

灾难恢复预案的制定应遵循以下原则：

——完整性：灾难恢复预案（以下称预案）应包含灾难恢复的整个过程，以及灾难恢复所需的尽可能全面的数据和资料；

——易用性：预案应运用易于理解的语言和图表，并适合在紧急情况下使用；

——明确性：预案应采用清晰的结构，对资源进行清楚的描述，工作内容和步骤应具体，每项工作应有明确的责任人；

——有效性：预案应尽可能满足灾难发生时进行恢复的实际需要，并保持与实际系统和人员组织的同步更新；

——兼容性：灾难恢复预案应与其它应急预案体系有机结合。

在灾难恢复预案制定原则的指导下，其制定过程如下：

——起草：参照附录 B 灾难恢复预案框架，按照风险分析和业务影响分析所确定的灾难恢复内容，根据灾难恢复能力等级的要求，结合组织其它相关的应急预案，撰写出灾难恢复预案的初稿；

——评审：组织应对灾难恢复预案初稿的完整性、易用性、明确性、有效性和兼容性进行严格的评审；评审应有相应的流程保证；

——测试：应预先制定测试计划，在计划中说明测试的案例；测试应包含基本单元测试、关联测试和整体测试；测试的整个过程应有详细的记录，并形成测试报告；

——完善：根据评审和测试结果，纠正在初稿评审过程和测试中发现的问题和缺陷，形成预案的审批稿；

——审核和批准：由灾难恢复领导小组对审批稿进行审核和批准，确定为预案的执行稿。

7.5.2　灾难恢复预案的教育、培训和演练

为了使相关人员了解信息系统灾难恢复的目标和流程，熟悉灾难恢复的操作规程，组织应按以下要求，组织灾难恢复预案的教育、培训和演练：

——在灾难恢复规划的初期就应开始灾难恢复观念的宣传教育工作；

预先对培训需求进行评估，包括培训的频次和范围，开发和落实相应的培训/教育课程，保证课程内容与预案的要求相一致，事后保留培训的记录；

——预先制定演练计划，在计划中说明演练的场景；

——演练的整个过程应有详细的记录，并形成报告；

——每年应至少完成一次有最终用户参与的完整演练。

7.5.3　灾难恢复预案的管理

经过审核和批准的灾难恢复预案，应按照以下原则进行保存和分发：

——由专人负责；

——具有多份拷贝在不同的地点保存；

——分发给参与灾难恢复工作的所有人员；

——在每次修订后所有拷贝统一更新，并保留一套，以备查阅；

——旧版本应按有关规定销毁。

为了保证灾难恢复预案的有效性，应从以下方面对灾难恢复预案进行严格的维护和变更管理：

——业务流程的变化、信息系统的变更、人员的变更都应在灾难恢复预案中及时反映；

——预案在测试、演练和灾难发生后实际执行时，其过程均应有详细的记录，并应对测试、演练和执行的效果进行评估，同时对预案进行相应的修订；

——灾难恢复预案应定期评审和修订，至少每年一次。

附录 A
（规范性附录）
灾难恢复能力等级划分

A.1 第1级基本支持

第1级灾难恢复能力应具有技术和管理支持如表 A.1 所示。

表 A.1 第1级——基本支持

要　素	要　求
数据备份系统	a）完全数据备份至少每周一次； b）备份介质场外存放。
备用数据处理系统	—
备用网络系统	—
备用基础设施	有符合介质存放条件的场地。
专业技术支持能力	—
运行维护管理能力	a）有介质存取、验证和转储管理制度； b）按介质特性对备份数据进行定期的有效性验证。
灾难恢复预案	有相应的经过完整测试和演练的灾难恢复预案。
注："—"表示不作要求。	

A.2 第2级备用场地支持

第2级灾难恢复能力应具有技术和管理支持如表 A.2 所示。

表 A.2 第2级——备用场地支持

要　素	要　求
数据备份系统	a）完全数据备份至少每周一次； b）备份介质场外存放。
备用数据处理系统	配备灾难恢复所需的部分数据处理设备，或灾难发生后能在预定时间内调配所需的数据处理设备到备用场地。
备用网络系统	配备部分通信线路和相应的网络设备，或灾难发生后能在预定时间内调配所需的通信线路和网络设备到备用场地。
备用基础设施	a）有符合介质存放条件的场地； b）有满足信息系统和关键业务功能恢复运作要求的场地。

续表 A.2

要　素	要　求
专业技术支持能力	—
运行维护管理能力	a）有介质存取、验证和转储管理制度； b）按介质特性对备份数据进行定期的有效性验证； c）有备用站点管理制度； d）与相关厂商有符合灾难恢复时间要求的紧急供货协议； e）与相关运营商有符合灾难恢复时间要求的备用通信线路协议。
灾难恢复预案	有相应的经过完整测试和演练的灾难恢复预案。
注："—"表示不作要求。	

A.3　第3级电子传输和部分设备支持

第3级灾难恢复能力应具有技术和管理支持如表 A.3 所示。

表 A.3　第3级——电子传输和部分设备支持

要　素	要　求
数据备份系统	a）完全数据备份至少每天一次； b）备份介质场外存放； c）每天多次利用通信网络将关键数据定时批量传送至备用场地。
备用数据处理系统	配备灾难恢复所需的部分数据处理设备。
备用网络系统	配备部分通信线路和相应的网络设备。
备用基础设施	a）有符合介质存放条件的场地； b）有满足信息系统和关键业务功能恢复运作要求的场地。
专业技术支持能力	在灾难备份中心有专职的计算机机房运行管理人员。
运行维护管理能力	a）按介质特性对备份数据进行定期的有效性验证； b）有介质存取、验证和转储管理制度； c）有备用计算机机房管理制度； d）有备用数据处理设备硬件维护管理制度； e）有电子传输数据备份系统运行管理制度。
灾难恢复预案	有相应的经过完整测试和演练的灾难恢复预案。

A.4　第4级电子传输及完整设备支持

第4级灾难恢复能力应具有技术和管理支持如表 A.4 所示。

表 A.4　第 4 级——电子传输及完整设备支持

要　素	要　　求
数据备份系统	a）完全数据备份至少每天一次； b）备份介质场外存放； c）每天多次利用通信网络将关键数据定时批量传送至备用场地。
备用数据处理系统	配备灾难恢复所需的全部数据处理设备，并处于就绪状态或运行状态。
备用网络系统	a）配备灾难恢复所需的通信线路； b）配备灾难恢复所需的网络设备，并处于就绪状态。
备用基础设施	a）有符合介质存放条件的场地； b）有符合备用数据处理系统和备用网络设备运行要求的场地； c）有满足关键业务功能恢复运作要求的场地； d）以上场地应保持 7×24 小时运作。
专业技术支持能力	在灾难备份中心有： a）7×24 小时专职计算机机房管理人员； b）专职数据备份技术支持人员； c）专职硬件、网络技术支持人员。
运行维护管理能力	a）有介质存取、验证和转储管理制度； b）按介质特性对备份数据进行定期的有效性验证； c）有备用计算机机房运行管理制度； d）有硬件和网络运行管理制度； e）有电子传输数据备份系统运行管理制度。
灾难恢复预案	有相应的经过完整测试和演练的灾难恢复预案。

A.5　第 5 级实时数据传输及完整设备支持

第五级灾难恢复能力应具有技术和管理支持如表 A.5 所示。

表 A.5　第 5 级——实时数据传输及完整设备支持

要　素	要　　求
数据备份系统	a）完全数据备份至少每天一次； b）备份介质场外存放； c）采用远程数据复制技术，并利用通信网络将关键数据实时复制到备用场地。
备用数据处理系统	配备灾难恢复所需的全部数据处理设备，并处于就绪或运行状态。
备用网络系统	a）配备灾难恢复所需的通信线路； b）配备灾难恢复所需的网络设备，并处于就绪状态； c）具备通信网络自动或集中切换能力。
备用基础设施	a）有符合介质存放条件的场地； b）有符合备用数据处理系统和备用网络设备运行要求的场地； c）有满足关键业务功能恢复运作要求的场地； d）以上场地应保持 7×24 小时运作。

续表 A.5

要　素	要　求
专业技术支持能力	在灾难备份中心 7×24 小时有专职的： a）计算机机房管理人员； b）数据备份技术支持人员； c）硬件、网络技术支持人员。
运行维护管理能力	a）有介质存取、验证和转储管理制度； b）按介质特性对备份数据进行定期的有效性验证； c）有备用计算机机房运行管理制度； d）有硬件和网络运行管理制度； e）有实时数据备份系统运行管理制度。
灾难恢复预案	有相应的经过完整测试和演练的灾难恢复预案。

A.6　第 6 级数据零丢失和远程集群支持

第六级灾难恢复能力应具有技术和管理支持如表 A.6 所示。

表 A.6　第 6 级——数据零丢失和远程集群支持

要　素	要　求
数据备份系统	a）完全数据备份至少每天一次； b）备份介质场外存放； c）远程实时备份，实现数据零丢失。
备用数据处理系统	a）备用数据处理系统具备与生产数据处理系统一致的处理能力并完全兼容； b）应用软件是"集群的"，可实时无缝切换； c）具备远程集群系统的实时监控和自动切换能力。
备用网络系统	d）配备与主系统相同等级的通信线路和网络设备； e）备用网络处于运行状态； f）最终用户可通过网络同时接入主、备中心。
备用基础设施	a）有符合介质存放条件的场地； b）有符合备用数据处理系统和备用网络设备运行要求的场地； c）有满足关键业务功能恢复运作要求的场地； d）以上场地应保持 7×24 小时运作。
专业技术支持能力	在灾难备份中心 7×24 小时有专职的： a）计算机机房管理人员； b）专职数据备份技术支持人员； c）专职硬件、网络技术支持人员； d）专职操作系统、数据库和应用软件技术支持人员。
运行维护管理能力	a）有介质存取、验证和转储管理制度； b）按介质特性对备份数据进行定期的有效性验证； c）有备用计算机机房运行管理制度； d）有硬件和网络运行管理制度； e）有实时数据备份系统运行管理制度； f）有操作系统、数据库和应用软件运行管理制度。
灾难恢复预案	有相应的经过完整测试和演练的灾难恢复预案。

A.7 灾难恢复能力等级评定原则

如要达到某个灾难恢复能力等级，应同时满足该等级中 7 个要素的相应要求。

A.8 灾难备份中心的等级

灾难备份中心的等级等于其可支持的灾难恢复最高等级。

示例：可支持 1 至 5 级的灾难备份中心的级别为 5 级。

附录 B
（规范性附录）
灾难恢复预案框架

B.1　目标和范围

定义灾难恢复预案中的相关术语和方法论，并说明灾难恢复的目标，如恢复时间目标（RTO）和恢复点目标（RPO）。说明预案的作用范围，解决哪些问题，不解决哪些问题。

B.2　组织和职责

描述灾难恢复组织的组成、各个岗位的职责和人员名单。灾难恢复组织应包括应急响应组、灾难恢复组等。

B.3　联络与通信

列出灾难恢复相关人员和组织的联络表。包含灾难恢复团队、运营商、厂商、主管部门、媒体、员工家属等。联络方式包括固定电话、移动电话、对讲机、电子邮件和住址等。

B.4　突发事件响应流程

B.4.1　事件通告

任何人员在发现信息系统相关突发事件发生或即将发生时，应按预定的流程报告相关人员，并由相关人员进行初步判断、通知和处置。

B.4.2　人员疏散

提供指定的集合地点和替代的集合地点，还包括通知人员撤离的办法，撤离的组织和步骤等。

B.4.3　损害评估

在突发事件发生后，应由应急响应组的损害评估人员，确定事态的严重程度。由灾难恢复责任人召集相应的专业人员对突发事件进行慎重评估，确认突发事件对信息系统造成的影响程度，确定下一步将要采取的行动。一旦系统的影响被确定，应将最新信息按照预定的通告流程通知给相应的团队。

B.4.4　灾难宣告

应预先制定灾难恢复预案启动的条件。当损害评估的结果达到一项或多项启动条件时，组织将正式发出灾难宣告，宣布启动灾难恢复预案，并根据宣告流程通知各有关部门。

B.5　恢复及重续运行流程

B.5.1　恢复

按照业务影响分析中确定的优先顺序，在灾难备份中心恢复支持关键业务功能的数据、数据处理系统和网络系统。描述时间、地点、人员、设备和每一步的详细操作步骤，同时还包括特定情况发生时各团队之间进行协调的指令，以及异常处理流程。

B.5.2　重续运行

灾难备份中心的系统替代主系统，支持关键业务功能的提供。这一阶段包含主系统运行管理所涉及的主要工作，包含重续运行的所有操作流程和规章制度。

B.6　灾后重建和回退

最后阶段是主中心的重建工作，中止灾难备份系统的运行，回退到组织的主系统。

B.7　预案的保障条件

预案的保障条件如下：
——专业技术保障；
——通信保障；
——后勤保障。

B.8　预案附录

预案的附录如下：
——人员疏散计划；
——产品说明书；
——信息系统标准操作流程；
——服务级别协议和备忘录；
——资源清单；
——业务影响分析报告；
——预案的保存和分发办法。

附录 C
（资料性附录）
某行业 RTO/RPO 与灾难恢复能力等级的关系示例

C.1 RTO/RPO 与灾难恢复能力等级的关系

表 C.1 说明信息系统灾难恢复各等级对应的 RTO/RPO 范围。

表 C.1 RTO/RPO 与灾难恢复能力等级的关系

灾难恢复能力等级	RTO	RPO
1	2 天以上	1 天至 7 天
2	24 小时以上	1 天至 7 天
3	12 小时以上	数小时至 1 天
4	数小时至 2 天	数小时至 1 天
5	数分钟至 2 天	0 至 30 分钟
6	数分钟	0

附录 2：信息安全灾难恢复服务资质介绍

2.1　认证依据

信息安全灾难恢复服务资质评估是对信息系统服务提供者的资格状况、技术实力和实施灾难恢复工程过程质量保证能力等方面的具体衡量和评价。信息安全灾难恢复资质，是依据《信息安全服务资质测评准则》、《信息安全灾难恢复服务能力测评准则》等相关要求，在对申请组织的基本资格、信息安全灾难恢复能力以及工程项目的组织管理水平、基本过程的实施和控制能力等方面的评估结果基础上的综合评定后，由中国信息安全测评中心给予的资质认证。

2.2　级别划分

信息安全灾难恢复服务资质级别是对提供信息安全灾难恢复服务组织综合实力的客观评价，反映了组织的信息安全灾难恢复服务资格、水平和能力。资质级别划分的主要依据包括：基本资格要求、基本能力要求、灾难恢复工程过程能力和其他补充要求等。

信息安全灾难恢复服务资质级别分为五级，由一级到五级依次递增，一级是最基本级别，五级为最高级别。

- 一级：非正式实施级；
- 二级：计划和跟踪级；
- 三级：充分定义级；
- 四级：定量控制级；
- 五级：持续改进级。

信息安全灾难恢复服务资质级别的高低，标志着从事信息安全灾难恢复服务组织能力的成熟程度。

2.3　信息安全灾难恢复服务资质（一级）要求

申请信息安全灾难恢复服务资质级别认证的组织需要符合以下几项要求。

2.3.1　基本资格要求

基本资格要求是评定信息安全灾难恢复服务资质的起评条件，申请信息安全灾难恢复服务资质（一级）的组织必须满足以下基本资格要求：

①是具有独立法人地位的实体；

②具有工商行政管理部门发给的合法营业执照，营业范围包括从事信息安全灾难恢复服务所需的营业范围；

③遵守国家现行法律法规。

2.3.2 基本能力要求

基本能力要求包括：组织与管理要求，技术能力要求，设备、人员构成与素质要求，设施与环境要求，规模和资产要求，业绩要求和其他要求。

（1）组织与管理要求

①必须拥有健全的组织机构和管理体系，为持续的信息安全灾难恢复服务提供保证；

②必须具有专业从事信息安全灾难恢复服务的队伍和相应的质保体系；

③从事信息安全灾难恢复服务的所有成员要签订保密合同，并遵守有关法律法规。

（2）技术能力要求

①了解信息安全技术的最新动向，有能力掌握信息系统的最新技术；

②具有不断的技术更新能力；

③具有对信息系统面临的安全威胁、存在的安全隐患进行信息收集、识别、分析和提供防范措施的能力；

④能根据对用户信息系统风险的分析，向用户建议有效的安全保护策略及建立完善的安全管理制度；

⑤具有对发生的突发性灾难事件进行分析和解决的能力；

⑥具有对市场上的信息系统产品进行功能分析，提出安全策略和安全解决方案及安全产品的系统集成能力；

⑦具有根据服务业务的需求开发信息系统应用、产品或支持性工具的能力；

⑧具有对集成的信息系统进行检测和验证的能力；

⑨有能力对信息系统系统进行有效的维护；

⑩有跟踪、了解、掌握、应用国际、国家和行业标准的能力。

（3）人员构成与素质要求

①具有充足的人力资源和合理的人员结构；

②所有与信息安全灾难恢复服务有关的管理和销售人员应具有基本的信息安全知识；

③有相对稳定的从事信息安全灾难恢复服务的专业技术队伍，专业队伍人员应系统地掌握信息安全灾难恢复及信息安全灾难恢复基础理论和核心技术，并有足够的专业工作经验；

④从事信息安全灾难恢复服务的管理、销售和技术的专业人员中，拥有 CNITSEC 专业资质证书的人员不少于总人数的 10%，其中必须至少有 2 名具有 CISP–DRP 资质的人员，4 名具有 CISM–DRP 资质的人员。

（4）设备、设施与环境要求

①具有固定的工作场所和良好的工作环境；

②具有先进的开发、测试或模拟环境；

③具有先进的开发、生产和测试设备；

④具有实施相关服务必需的开发、生产和测试工具。

（5）规模与资产要求

①有足够的注册资金和充足的流动资金，其中注册资产应在100万元以上，流动资金占注册资产的20%；

②近3年的财务状况良好，提供相应证明；

③申请信息安全灾难恢复服务的组织应具有与所申请灾难恢复服务业务范围、承担的灾难恢复工程规模相适应的服务体系；

④有足够的人员从事直接与信息安全灾难恢复服务相关的活动。

（6）业绩要求

①从事信息安全服务3年以上；

②近3年完成的信息安全灾难恢复服务的项目总值应在100万元以上，并至少有两个以上项目的质量达到国家相应的技术要求。

③近3年内在信息安全灾难恢复服务方面，没有出现验收未通过的项目。

2.3.3 灾难恢复工程过程及能力级别

灾难恢复工程过程能力级别是评定信息安全灾难恢复服务组织资质的主要依据，标志着服务组织提供给客户的灾难恢复服务专业水平和质量保证程度。信息系统工程的过程能力级别按成熟性排序，表示依次增加的组织能力。《信息安全灾难恢复服务资质测评准则》将信息安全灾难恢复服务组织的工程能力分为五个级别。

- 一级：非正式实施级；
- 二级：计划和跟踪级；
- 三级：充分定义级；
- 四级：定量控制级；
- 五级：持续改进级。

灾难恢复工程过程能力以及项目和组织过程能力级别的高低，标志着从事灾难恢复服务组织的能力成熟程度，即已完成过程的管理和制度化程度的高低。申请信息安全灾难恢复服务资质级别认证的组织需要符合相应灾难恢复过程能力以及项目和组织过程能力级别。

灾难恢复过程能力包括：

①确定灾难恢复需求的能力；

②评估灾难恢复策略制定过程的能力；

③确定灾难恢复资源获取方式的能力；

④确定灾难恢复资源要求的能力；

⑤确定灾难备份系统技术方案实现的能力；

⑥确定灾难备份中心选择和建设的能力；

⑦评估技术支持实现的能力；

⑧评估运行维护管理的能力；

⑨评估灾难恢复预案制定的能力；

⑩进行灾难预案的教育、培训和演练的能力；

⑪进行灾难恢复预案管理的能力。

项目和组织过程能力包括：

①质量保证；

②管理配置；

③管理项目风险；

④监控技术活动；

⑤规划技术活动；

⑥定义组织的系统工程过程；

⑦改进组织的系统工程过程；

⑧管理产品系列进化；

⑨管理系统工程支持环境；

⑩提供不断发展的技能和知识；

⑪供应商协调。

2.4 申请流程

2.4.1 申请流程图

申请流程见附图 2-1。

2.4.2 申请阶段

申请灾难恢复服务资质的组织应首先到中国信息安全测评中心（以下简称 CNITSEC）网站（http://www.itsec.gov.cn）查看并下载《信息安全灾难恢复服务资质认证指南》、《信息安全灾难恢复服务资质申请流程》、《信息安全灾难恢复服务能力测评准则》和《信息安全灾难恢复服务资质申请书》，了解认证的流程及相关情况，确定本组织满足认证的基本资格要求和基本能力要求。

当决定申请信息安全灾难恢复服务资质（一级）后，根据《信息安全灾难恢复服务资质（一级）申请书》的要求填写申请书、加盖公章并将申请书中所要求的相关资料一起提交给 CNITSEC，同时提交申请费。

2.4.3 资格审查阶段

CNITSEC 接到正式申请书及相关资料以及申请费后，根据所提交的资料进行资格审查，资格审查包括对申请单位所提交资料进行的形式化审查以及同申请单位的调查沟通，以确认申请单位是否满足资质的基本资格要求。

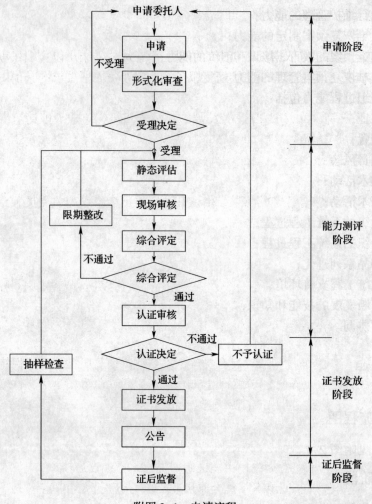

附图 2-1　申请流程

当通过资格审查阶段后，CNITSEC 将向申请组织发出受理通知书，内容包括能力测评安排、认证安排以及相关费用的缴纳事宜，正式受理该认证申请。如果资格审查阶段发现有不符合要求的内容，CNITSEC 将要求申请组织补充资料等，确保申请资料的内容最大程度反映申请组织的各方面的资格和能力情况。

2.4.4　能力测评阶段

当申请组织通过资格审查阶段并缴纳了相关费用后，资质申请进入能力测评阶段。
能力测评阶段包括静态评估、现场审核、综合评定和认证审核四个步骤。
（1）静态评估
静态评估师对申请组织资料进行符合性审查，了解申请组织的信息安全灾难恢复服务能力以及质量管理能力，为现场审核作准备。
（2）现场审核
现场审核是对申请组织的信息安全灾难恢复服务能力进行现场核实和确认。现场审核结束后，评审组提交现场审核报告供综合评定使用。

（3）综合评定

在综合评定阶段，将依据资格审查的结果、静态评估的结果以及现场审核报告，对申请组织的基本资格、基本能力、灾难恢复服务能力以及资质所要求的其他内容进行综合评定，出具综合评定报告。

对评定结果不符合的，CNITSEC 将要求申请组织限期整改。申请组织完成整改并向 CNITSEC 提交整改报告后，CNITSEC 将对整改结果进行验证，整改仍不符合的，将不能通过认证。逾期未整改的，视作整改不符合。

（4）认证审核

认证审核将根据综合评定的结果，由认证决定委员会组织相关委员和专家进行认证评审，做出认证决定，给出认证报告。

2.4.5 证书发放阶段

对通过认证决定的申请组织，CNITSEC 将发放证书，并在网站、报刊杂志等媒体上公布获证组织的相关信息。

2.4.6 监督和维持

获得资质的组织需通过持续发展自身信息安全灾难恢复服务体系以保持其信息安全灾难恢复能力。CNITSEC 将通过申诉系统、现场见证以及对信息安全灾难恢复服务工程进行抽样检查来验证获得资质的组织的服务资格和能力。

证书每三年进行一次复查换证，在三年有效期内实行年确认制度。获证后，每年在证书签发之日前 30 天内，获证组织要向 CNITSEC 提交年度复查表，并到 CNITSEC 办理年检。在证书有效期届满前 90 天内，由获证组织提出复查换证申请。

CNITSEC 监督发现获证组织不符合原认证要求的，将要求其限期整改，整改后仍不合格，CNITSEC 有权暂停或取消证书。

2.5 申请书

申请信息系统安全服务资质级别认证的组织需要向 CNITSEC 提交申请书，申请书包括：
①认证申请表（纸版一式三份、电子版一份）；
②营业执照复印件；
③税务登记证；
④申请书中所要求的其它资料。

2.6 处置

获证组织存在违规行为时，CNITSEC 有权视组织违规情节轻重予以处罚。处罚方式包括：警告、限期整改、暂停证书、取消证书。

2.7　争议、投诉与申诉

对 CNITSEC 所作的评审、复查、处置等决定有异议时，可向 CNITSEC 提出书面申诉。CNITSEC 将会责成与所申诉、投诉事项无利益相关的人员进行调查，CNITSEC 在调查基础上做出结论。

每个获证组织都应妥善处理因组织自身行为而发生的投诉，保留记录并采取措施防止问题的再发生。CNITSEC 将在必要时查阅认证企业的申诉/投诉记录。

2.8　认证企业档案

CNITSEC 将对每个认证企业建立专项档案，所有资料将保存 10 年以上，升级、年度确认或者复核换证时，只需补交所要求的相应材料，CNITSEC 实行记录累加制度。

2.9　费用及认证周期

具体费用和时间周期请查阅中国信息安全测评中心网站：http://www.itsec.gov.cn。

附录3：信息安全灾难恢复服务能力测评准则介绍

3.1 信息安全灾难恢复服务介绍

信息系统的灾难恢复工作，包括灾难恢复规划和灾难备份中心的日常运行，还包括灾难发生后的应急响应、关键业务功能在灾难备份中心的恢复和重续运行，以及生产系统的灾后重建和回退工作。

其中，灾难恢复规划是一个周而复始、持续改进的过程，包含以下几个阶段：

- 灾难恢复需求的确定；
- 灾难恢复策略的制定；
- 灾难恢复策略的实现；
- 灾难恢复预案的制定、落实和管理。

3.1.1 组织机构

单位应结合其日常组织机构的具体情况建立灾难恢复规划组织机构，并明确其职责。其中一些人可负责两种或多种职责，一些职位可由多人担任（灾难恢复预案中应明确他们的替代顺序）。

灾难恢复规划的组织机构由管理、业务、技术和行政后勤等人员组成，分为灾难恢复规划领导小组、灾难恢复规划实施组和灾难恢复规划日常运行组。其中，实施组的人员在实施任务完成后可成为日常运行组的成员。

单位可聘请外部专家协助灾难恢复规划工作，也可委托外部机构承担实施组和运行组的部分或全部工作。

灾难恢复管理的组织结构如附图 3-1 所示。

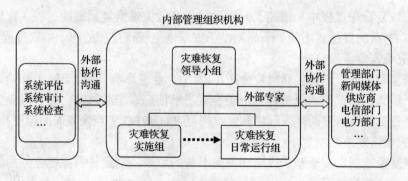

附图 3-1 灾难恢复管理的组织机构

灾难恢复管理组织包括灾难恢复领导小组、灾难恢复实施组和灾难恢复日常运行组。

（1）灾难恢复领导小组

灾难恢复领导小组是实施灾难恢复工作的组织领导机构，组长应由单位高层领导担任，领导和决策灾难恢复规划重大事宜，其主要职责如下：

①审核并批准经费预算；

②审核并批准灾难恢复策略；

③审核并批准灾难恢复预案；

④组织灾难恢复预案的测试和演练；

⑤批准灾难恢复预案的执行。

（2）灾难恢复实施组

灾难恢复实施组的主要职责是负责：

①灾难恢复的需求分析；

②提出灾难恢复策略和等级；

③灾难恢复策略的实现；

④制定灾难恢复预案。

（3）灾难恢复日常运行组

灾难恢复日常运行组的主要职责是负责：

①灾难备份中心日常管理；

②灾难备份系统的运行和维护；

③灾难恢复的技术支持；

④灾难恢复预案的教育、培训和演练；

⑤维护和管理灾难恢复预案；

⑥突发事件发生时的损失控制和损害评估；

⑦灾难发生后信息系统和业务功能的恢复；

⑧灾难发生后的外部协作。

3.1.2 灾难恢复管理过程

在灾难恢复管理过程中，描述了开发和维护有效灾难恢复预案的过程。这里所描述的过程对所有 IT 系统都是通用的。下面列出了灾难恢复管理过程的四个主要过程步骤。

（1）灾难恢复需求分析

灾难恢复需求分析步骤包括风险分析（RA）、业务影响分析（BIA）和确定灾难恢复目标三个子步骤，通过需求分析这三个子步骤了解信息系统的风险、综合对业务的考虑并确定关键业务功能及恢复的优先顺序和灾难恢复 RTO/RPO 灾难恢复时间范围指标。

（2）灾难恢复策略制定

灾难恢复策略制定步骤基于风险和损失平衡的原则，确定每项关键业务功能的灾难恢复策略，并将这些策略正式文档化。

（3）灾难恢复策略实现

灾难恢复策略实现步骤根据灾难恢复的策略，选择和建设灾难备份中心、实现灾难备份系统技术方案并实现技术支持和维护能力。

（4）灾难恢复预案制定和管理

灾难恢复预案制定和管理步骤负责编制灾难恢复预案、对灾难恢复预案进行教育、培训和演练，并负责灾难恢复预案的保存、分发以及维护和变更管理。

这些步骤代表了一个全面的灾难恢复管理能力的关键要素。整个开发过程的责任是由灾难恢复实施组所具体负责，灾难恢复管理的过程如附图 3-2 所示。

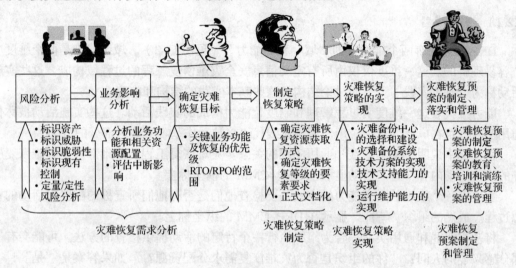

附图 3-2 灾难恢复管理过程

3.2 信息安全灾难恢复能力成熟度模型

3.2.1 能力成熟度模型的概念

能力成熟度模型（CMM）提供了一套业界范围内（包括政府及工业）的标准度量体系，其目的在于建立和促进安全工程成为一种成熟的、可度量的科目。能力成熟度模型及评定方法确保了安全是处理硬件、软件、系统和组织安全问题的工程实施活动后得到的一个完整结果。该模型定义了一个安全工程过程应有的特征。这个安全工程对于任何工程活动均是清晰定义的、可管理的、可测量的、可控制的并且是有效的。

3.2.2 信息安全灾难恢复能力成熟度模型体系结构

信息安全灾难恢复能力成熟度模型（DRP-CMM）是在信息安全工程能力成熟度模型（SSE-CMM）的基础上，结合信息安全灾难恢复服务的最佳实践，所形成的对灾难恢复服务进行度量的模型。

DRP-CMM 体系结构的设计是可在整个信息安全灾难恢复工程范围内决定安全工程组织的成熟性。这个体系结构的目标是清晰地从管理和制度化特征中分离出安全工程的基本特征。为了保证这种分离，这个模型是二维的，分别称为"域"和"能力"，具体描述如下。

重要的是，DRP–CMM 并不意味着在一个组织中任何项目组或角色必须执行这个模型中所描述的任何过程，也不要求使用最新的和最好的安全工程技术和方法论。然而，这个模型要求是一个组织机构要有一个适当过程，这个过程应包括这个模型中所描述的基本安全实施。组织机构以任何方式随意创建符合他们信息安全灾难恢复服务目标的过程以及组织结构。

3.2.2.1 基本模型

DRP–CMM 有两个维度，即"域"和"能力"（见图 C–3）。域维或许是两个维度中较容易理解的。这一维度仅仅由所有定义信息安全灾难恢复工程的过程域构成。这些实施活动称为"基本实践"。下面讨论结构和这些基本实践的结构和内容。

能力维代表这一维度由过程管理和制度化能力构成的实践活动。这些实施活动被称作通用实践，可在广泛的域中应用。通用实践代表将被看作基本实践一部分的行为。

在上文中说明了基本实践和通用实践的关系。灾难恢复工程的基础部分是灾难恢复服务的工作活动内容，这一活动显示在 DRP–CMM 的横坐标上。

要决定一个组织的办事能力的方式是要检查他们是否有他们所宣称的配置对活动的资源过程。成熟的组织"特征"显示在 DRP–CMM 的纵坐标上。

将基本实践和通用实践综合为组织执行一个特定的活动提供检查的方法。可能会有一部分感兴趣的人问："你的组织是否为灾难恢复需求分配资源？"如果答案是"是"，会谈的人将得知一些关于组织机构的能力的情况。

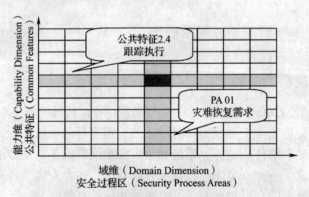

图 3–3 灾难恢复服务能力成熟度模型描述

回答综合所有的与公共实践有关的基本实践出现的问题将可能会提供一个组织的灾难恢复服务能力的概貌。

3.2.2.2 基本实践

DRP–CMM 共大约包含了 22 个过程域，其中 11 个过程域描述灾难恢复服务过程，其它 11 个域描述项目和组织的基本实践过程。这些过程域覆盖了灾难恢复工作所有主要领域。这些基本实践是从大量的已有材料、实践和专家知识中收集而来的。所选择的实践代表安全工程业界已有的最好的实践，而不是未被采用过的实践。

DRP-CMM 包括的过程域列举如下：

- PA01 灾难恢复需求；
- PA02 灾难恢复策略制定；
- PA03 灾难恢复资源获取；
- PA04 灾难恢复资源要求；
- PA05 灾难备份系统技术方案实现；
- PA06 灾难备份中心的选择和建设；
- PA07 技术支持能力的实现；
- PA08 运行维护管理能力的实现；
- PA09 灾难恢复预案的制定；
- PA10 灾难恢复预案的教育、培训和演练；
- PA11 灾难恢复预案的管理。

DRP-CMM 也包含了 11 个有关项目和组织实践的过程域。这些过程域从 SE-CMM 中选出的。

- PA12 确定质量；
- PA13 管理配置；
- PA14 管理项目风险；
- PA15 监控和控制技术效果；
- PA16 计划技术效果；
- PA17 定义组织的系统工程过程；
- PA18 提高组织的系统工程过程；
- PA19 管理产品线评估；
- PA20 管理系统工程支持环境；
- PA21 提供正在进行的技术和知识；
- PA21 供应商协调。

在 DRP-CMM 中，每个过程域是由一个或多个基本实践组成，每个基本实践适应在企业的生命周期，和其它基本实践互相不覆盖，代表安全业界"最好的实施"，不简单地反映当前技术，不指定特定的方法或工具。

基本实践以能满足广泛的安全工程组织的方式组织成过程域。有很多方法将信息安全灾难恢复服务分解成过程域。DRP-CMM 当前的过程域的集合主要是根据灾难恢复国家标准和系统安全工程能力成熟度模型（SSE-CMM）来制定的。

3.2.2.3 通用实践

通用实践是适用于所有过程的活动。他们向过程方面的管理，测量和制度化方面陈述。一般来说，他们在评估决定执行过程组织的能力期间会被采用。

通用实践按称之为"公共特征"的逻辑域组成，公共特征分为五个"能力级别"，依次表示增加的组织能力。与范畴维基本实践不同的是，能力维的通用实践按成熟性排序，因此表示高级别通用实践位于能力维的高端。

　　公共特征设计的目的在于描述组织机构执行工作过程（即这里的灾难恢复服务范畴）。每一个公共特征包括一个或多个通用实践。最低的公共特征是"1.1 执行的基本实践"。这个公共特征只能检查组织是否在所有的过程域中执行的所有基本实践。

　　其余的公共特征中的通用实践可帮助确定项目管理好坏的程度并可将每一个过程域作为一个整体加以改进。通用实践按执行安全工程的组织特征方式分组，以突出主要点。在通用实践所用到的原理见附表 3–1。

附表 3–1　通用实践常用原理

原　理	在 DRP–CMM 中是如何表达的
你必须首先做它，然后你才可以管理它。	非正式的执行级着重于一个组织是否执行了组成基本实践的过程。
在定义组织层面的过程之前，先要弄清楚项目正在发生什么事。	计划和跟踪级着重于项目级定义、规划和执行问题。
用项目中学到的最大收获来定义组织层面的过程。	充分定义级着重于已定义的组织过程的原则行裁剪。
只有知道它是什么，才能测量它。	尽管较早开始收集和运用基本项目测量是必要的（如计划和跟踪级），并不要求组织范围内的测量和采用日期，直到达到充分定义级，尤其是定量控制级。
当测量的对象正确是，基于测量的管理才有意义。	定量控制级着重于与组织的商务目标紧密联系的测量。
持续改进的文化要求完备的管理实践、已定义的过程和可测量的目标作为基础。	持续改进级从前面级别中的所有管理实践改进中获取手段，然后强调将维持所获收益的文化转变。

　　下面的公共特征表示了为取得每一个级别需满足的成熟安全工程属性。

1　级

1.1　执行基本实践

2　级

2.1　规划执行

2.2　规范化执行

2.3　确认执行

2.4　跟踪执行

3　级

3.1　定义标准过程

3.2　执行定义的过程

3.3　协调过程

4　级

C.1　建立可测量的质量目标

C.2　客观地管理执行

5　级

5.1　改进组织范围能力

5.2　改进过程有效性

DRP–CMM 也不能简单说明执行通用实践的需求。一个组织一般会在他们选择的任何方法和顺序中选择自由的计划，跟踪，定义，控制，和改进他们的过程。然而，因为高级别通用实践是依靠低级别的通用实践，组织会在努力获得高级别之前努力在低级别进行通用实践运作。

3.2.2.4 能力级别

将实施活动划分为公共特征，将公共特征划分为能力级别有各种方法。下面的讨论涉及到这些公共特征。

公共特征的排序得益于当前其它安全实施活动和制度化，特别是当实施活动有效建立时尤其如此。在一个组织能够明确的定义、剪裁和有效使用一个过程前，单独执行的项目应该获得一些过程执行方面的管理经验。例如，一个组织应首先对一个项目尝试规模评估过程后，在将其规定为这个组织的过程规范。不过在有些方面，当过程的实施和制度化应放在一起考虑可以增强能力时，而无须要求严格前后次序。

公共特征和能力级别无论在评估一个组织过程能力和改进组织过程能力时都是重要的。当评估一个组织能力时，如果这个组织只执行了一个特定级别的一个特定过程的部分公共特征时，则这个组织对这个过程而言，处于这个级别的最底层。例如，在 2 级能力上，如果缺乏跟踪执行公共特征的经验和能力，那么跟踪项目的执行将会很困难。如果高级别的公共特征在一个组织中实施，但其低级别的公共特征未能实施，则这个组织不能获得该级别的所有好处。评估队伍在评估一个组织个别过程能力时，应对这种情况加以考虑。

当一个组织希望改进某个特定过程能力时，组织为能力级别的实施活动可为改进组织机构提供了一个"能力改进路线图"。基于这一理由，DRP–CMM 的实施按公共特征进行组织，并按级别进行排序。

对每一个过程域的能力级别确定，均需执行一次评估过程。这意味着不同的过程域能够或将可能存在于不同的能力级别上。组织可利用这个面向过程的信息作为侧重于这些过程改进的手段。组织机构改进过程活动的顺序和优先级应在商务目标里加以考虑。

用户目标是如何使用 DRP–CMM 这种模型的主要驱动力。但是，对典型的改进活动，也存在着基本活动次序和基本的原则。这个活动次序在 DRP–CMM 结构中通过公共特征和能力级别加以定义。

如附图 3-4 所示，DRP–CMM 包含了五个级别。这五个级别的概述如下。

1 级："非正式执行级"，这个级别着重于一个组织或项目执行了包含基本实践的过程。这个级别的特点可以描述为"你必须首先做它，然后你才能管理它"。

2 级："计划和跟踪级"，这个级别着重于项目层面的定义、计划和执行问题。这个级别的特点可描述为"在定义组织层面的过程之前，先要弄清楚项目相关的事项"。

3 级："充分定义级"，这个级别着重于规范化地裁剪组织层面的过程定义。这个级别的特点可描述为"用项目中学到的最好的东西来定义组织层面的过程"。

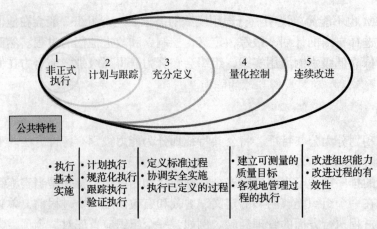

附图 3-4　能力成熟度级别

4 级："量化控制级"，这个级别着重于测量。测量是与组织业务目标紧密联系在一起的。尽管以前级别数据收集和使用项目测量是基本的活动，但只有到达高级别时，数据才能在组织层面上应用。这个级别的特点可以描述为"只有你知道它是什么，你才能测量它"和"当你测量的对象正确时，基于测量的管理才有意义"。

5 级："持续改进级"，这个级别从前面各级的所有管理活动中获得发展的力量，并通过加强组织文化，来保持这个力量。这个方法强调文化的转变，这种转变又将使方法更有效。这个级别的特点可以描述为"一个持续改进的文化需要以完备的管理实施、已定义的过程和可测量的目标作为基础"。

3.3　如何使用标准

灾难恢复服务能力成熟度模型（DRP-CMM）适用于信息安全灾难恢复服务领域，该模型适用于以下三种方式：

①"过程改进"，使灾难恢复服务组织获得自身服务能力级别的认识，并不断地改进其能力；

②"能力评定"，允许获取组织了解潜在项目参加者的组织层次上的灾难恢复服务能力；

③"保证"，通过有根据地使用成熟过程，增加可信产品、系统和服务的可信度。

3.3.1　使用 DRP-CMM 进行过程改进

DRP-CMM 可以作为改进组织灾难恢复服务的工具。DRP-CMM 项目要求任何人启动一项认真严肃的过程改进活动都要考虑通过 SEI 使用"开始、诊断、建立、执行和学习（IDEAL）"这一过程获得改进。你可以在 http://www.sei.cmu.edu/ideal.html 获取更多信息。

目的是进入一个连续循环过程：评估你当前的状况，然后进行改进，这样周而复始。如附图 3-5 所示为 IDEAL 的各个阶段。

I　启动：将一个成功的改进活动作为基础；

D　诊断：确定哪些与你的目标相关；

E　建立：计划达到你目标的细节；

A　执行：根据计划实施；

L　学习：从实践中学习，提高你的能力。

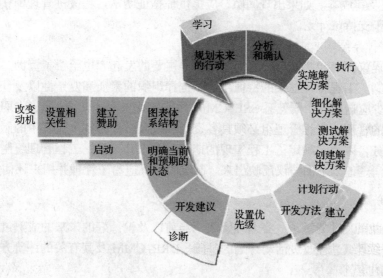

附图 3-5　DRP-CMM 的各阶段

这五个阶段各自都由好几个活动组成。下面概述了安全工程组织和 DRP-CMM 对于这些活动的应用。

3.3.1.1　启动阶段

从事安全工程过程改进活动的操作模式应该与组织内其它所有新项目的实现方式一致。即首先必须熟悉项目目标及其实现的途径，然后执行项目实现的活动，并获得管理层的批准和支持，形成项目实现的方法。

（1）改变动机

所有过程改进的第一步是找出改变组织实施的商业动机。有很多潜在原因使组织去理解并改进其过程。采购组织可能要求在特定程序中采用某种实施，或他们可能为潜在承包方定义某个能力级别作为最低接受标准。组织可能意识到采用某种过程可能会使他们能更快更有效地得到质量证明来支持其评估和认证活动，得到一种途径来取代顾客的正式评估或增强消费者的信心:安全需求已得到适当的满足。无论改变的原因如何，清楚地理解从安全角度检查已有过程的目的，对于系统安全工程过程改进的努力能否成功。

（2）设置相关性

为过程改进设置相关性，标识出这种努力如何支持将受此变化影响的已有商业策略、特定商业目标和目的。这种努力的预期结果，以及其它初始状态和当前工作都应存档。

（3）建立赞助

对该努力在生命期中有效的和持续的支持;对于过程改进的成功是必要的。赞助不仅包括有必需的财政资源来维持过程的进行，也包括人员对于工程管理的关心。这并不意味着上层管理需要参与该项工程，而这种掺入没有被批准。一旦这种改进计划付诸实施，应定期评价对初始目的和实现其目标道路上存在的障碍的管理。问题决不应该没有相应的解决办法/提议办法及其成本。如果出现间隙，应提供证据证明从过程改进管理中获得的进步和好处将更偏重于支持该计划。

（4）图表体系结构

已建立起提议计划和商业目标之间的关系，主要的发起者也给予了资助，就必须建立工程实现的机制。工程管理框架的特征会由于选择组织的素质和复杂性以及计划的目标而各不相可。至少应选择一个既熟悉 SSE-CMM 并了解所选择组织的人员，专职或业余地来参与该项工程的管理。工程管理组必须具备资源和权限，作为整个过程中的制要点来执行过程改进的任务，因为它确定了工程实现的期望、要求和责任。工程管理组制定的目标以及参与各方应清楚地以书面协议反映出来。制定的目标应易于管理并用来评估实施进度。

3.3.1.2　诊断阶段

为了执行过程改进的活动，必须理解组织当前以及设计好的未来的成熟过程的状态。这些因素形成了组织过程改进活动计划的基础。DRP-CMM 及其有关的评价方法在诊断阶段扮演了重要的角色。

（1）明确当前和预期的状态

这个步骤的部分是开始阶段前期的"改变动机"步骤的延续。启动过程改进活动的商务活动是基于如下的理解：即提高组织过程的质量是有益的。然而，改进活动不能只限于一般性，它应该是基于对过程实际应用的理解，以及对这些过程的当前和设计状态的区别的理解。通过对过程间隙的分析，组织能够更好地标识近期与远期改进目标，他们要求的活动的等级，以及实现的可能性。

（2）开发建议

进行差异分析强调组织当前与设计状态过程的区别，还会揭示组织更多的信息和证据。这些证据根据其重要性的不同，构成了如何提高组织能力的建议的基础。为了使这些建议能经得住考验，相关人员不仅要具备足够的关于组织自身的知识，还要具备关于过程改进方法的知识。这些综合知识是很重要的，因为通常管理者对于如何进行改进活动的决定会反映出当前阶段形成的建议。

3.3.1.3　建立阶段

在这个阶段，基于活动目标的详细的行动计划，以及诊断阶段形成的建议已初具规模。另外，计划必须考虑任何可能的困难，如资源短缺，这可能会限制改进活动的范围。计划中还应提出与明确的输出和职责有关的优先权。

（1）设置优先级

在过程改进的生命周期中，时间的限制，可利用的资源，组织的优先权，以及其它因素的影响，可能不允许所有的目标或建议都实现。因此，组织必须为其改进活动建立优先权。优先权应赋予那些过程中的变化，这些变化与过程改进活动的完成有直接的关系。例如，在诊断过程中，如果发现组织的配置管理较弱，而这对用户很重要，那么选择关键资源就比提高全员培训具有更高的优先权。

（2）开发方法

在诊断阶段定义了对组织的描述以及优先权建立后，过程改进活动的范围就与开始阶段的不同了。发展方法的步骤要求：重新定义的目标和建议要与为达到设计的结果而制定的策略相对应。该策略包括对于特殊资源（技术性与非技术性）及其输入的标识，如过程要求的特殊技术与背景条件。另外，影响变化执行的因素都要考虑到并记录下来，这些因素与改进活动、组织的文化、财务及管理支持并不直接相关。

（3）计划行动

在此，所有的数据、方法、建议和优先权被组合在一起，形成一份详细的行动计划。计划包括：职责、资源和特殊任务的分配，跟踪工具的使用，以及最终期限与里程碑的建立。计划还应包括突发事件的响应计划，以及对任何不可预见的问题的处置策略。

3.3.1.4 执行阶段

这是执行阶段，在所有阶段中，在资源与时间方面要求活动的最高等级。在此阶段为达到组织目标，要求许多类似的循环，目的是实现所有设计好的改进和优先权。

（1）创建解决方案

针对每个问题的解决方法或改进步骤都是在一些可用信息的基础上形成的，这些信息与进行的活动和资源有关。在这个阶段，解决方法是技术工作组"最好的猜测"的结果。建议的解决方法应体现一种充分的理解，即对影响结果和组织改进能力的相关活动的理解，可能包括工具、过程、知识和技能。根据改进活动的范围，需成立更小的专门工作组，来处理特殊领域的问题。

安全工程组织应从其工程内容特征的角度定义其过程。这会根据执行原则的不同分为系统工程、软件工程、硬件工程以及其它工程。

设计过程满足企业商业需求，其第一步是理解商业、产品和组织的上下关系，这些都会在过程的执行当中出现。在 DRP–CMM 之前需要回答的一些问题中可用于过程的设计，包括：

①组织内的安全工程是如何实现的；

②什么生命周期可被作为这个过程的框架；

③组织如何构建来支持项目；

④组织中谁是管理者，谁是实施者；

⑤这些过程对组织的成功有多重要。

理解使用 DRP–CMM 的组织的文化和商业关系对过程设计中的成功应用很关键。组织的上下关系包括角色分配、组织文化、安全工程工作产品和生命周期。这种关系应当与 DRP–CMM 的通用和基本实践一起生产出好的、有潜力改进的组织过程。

（2）测试解决方案

因为一般解决方法的初次尝试很少成功，所以所有的解决方法在组织内实施之前都要经过检测。组织如何选择检测方法，取决于其专业领域的自然状况，建议的解决方法，以及组织的资源情况。检测会包括将建议的变化引入组织内的子工作组，并对假定进行确认。

（3）细化解决方案

使用检测过程中收集的信息，解决方法会被修改，反映出新的知识。过程的重要性和改进的复杂性决定了建议的解决方法在认为可接受前必须经历的检测和细化的程度。由于时间和资源的限制，要想达到期望的完美过程还是不可能的。

（4）执行解决方案

经过改进的过程一旦被接受，就必须在检测小组工作前执行。执行的阶段需要重要的时间和资源，也依赖于自然以及过程改进的程度。执行的方式会随着组织目标的改变而改变。

3.3.1.5　学习阶段

学习阶段既是过程改进循环的结束阶段，又是下一个过程改进活动的开始阶段。对整个过程改进活动的评价既与目标实现的程度有关，也与如何有效开展将来的改进活动有关。这个阶段很具有建设性，就像整个过程中保存的记录及参与者进行建议的能力一样。

（1）分析与确认

要想使过程改进成功，就要在项目目标建立时进行最终结果的分析。同时也要求对结果的效率进行评估，以确定什么地方要求更高的改进。学习的教材事后要收集、整理，并归档。

（2）规划将来的行动

通过对改进活动自身的分析，学习的教材被转化成日后改进活动的建议。这些建议应向外发布，使这个改进活动与其它改进活动相一致。

3.3.2　使用 DRP-CMM 进行能力评估

DRP-CMM 支持范围广泛的改进活动，包括自身管理评定，或从内部或外部组织的专家进行的更强要求的内部评定。

评估机构使用 DRP-CMM 来进行信息安全灾难恢复服务组织的信息安全灾难恢复服务能力的评估。

3.3.3　使用 DRP-CMM 获得安全保证

DRP-CMM 用于衡量和帮助提高一个安全工程组织的能力，同时为提高信息安全灾难恢复服务提供了安全保证。

DRP-CMM 有三个目标相对于顾客要求而言特别重要：

● 为将顾客安全要求转化为灾难恢复服务过程而提供一种测量并改进的方法，以有效地生产出满足顾客要求的产品。

● 为不需要正式安全保证的顾客提供了一个可选择的方法。正式安全保证一般通过全面的评估、认证和认可活动来实现。

● 为顾客确信其安全要求被充分满足提供一个标准。

　　将顾客的安全功能和安全保证要求进行准确记录、理解，并转化为系统的安全和安全保证需求，这是至关重要的。一旦生产出最终产品，用户必须能够检验其是否反映和满足了他们的要求。DRP–CMM 明确包含实现这些目标的过程。

　　在灾难恢复服务过程中，服务是否满足顾客的安全要求，是依据广泛多样的声明和证据进行保证的。组织的 DRP–CMM 表示灾难恢复服务的生命期遵循特定的过程。这种"过程证据"可被用于证明服务的可信度。

　　某些类型的证据较另一些证据可更清晰地建立它们支持的声明。与其它类型的证据相比较，过程证据常常作为支持性的和间接的角色。但是，过程证据可用作广泛和多样的声明，因而其重要性不可低估。况且，一些传统形式的证据及其支持的声明之间的关系也并非如其所说的那样有力。关键在于为产品和系统建立一个综合的证据体系，以确信为什么这些产品和系统是充分可信的。

　　至少，成熟组织更可能在同等时间和资金的条件下，生产出适当安全保证程度的产品。成熟组织也更可能及早地标识安全问题，以解决方案不切实际时，安全保证的要求不能达到。将安全需求同其它需求一样看待，可使组织整体过程实现的可能性大大增加。

国家信息安全培训丛书

　　随着我国社会信息化进程的不断发展，计算机网络及信息系统在政府机构、企事业单位及社会团体的工作中发挥着越来越重要的作用。然而，信息化水平的提高在带来巨大发展机遇的同时也带来了严峻的挑战。由于信息系统本身的脆弱性和日益呈现出的复杂性，信息安全问题不断暴露。信息安全既关系着个人的隐私，也关系着国计民生，乃至整个国家和社会的安全与利益。

　　《国家信息安全培训丛书》力图描绘出信息安全保障的基础性的概貌。在顺序上从人才开始到标准法规，再到管理工程，最后落脚到技术，这不同于一般的写法，蕴含了体系的各个组成部分，是一套十分宝贵的信息安全专业人员培训丛书。相信这套丛书的出版，能为我国信息安全专业人员的培养奠定重要基石。

　　本丛书为中国信息安全测评中心注册信息安全专业人员（CISP）和注册信息安全员（CISM）的正式教材，可作为高等院校信息安全专业的学生教材，并可作为信息安全培训和从业人员的信息安全积极防御的实验参考书。

《信息安全管理体系基础与实践》

《信息系统灾难恢复基础》

《Web系统安全和渗透性测试基础》

《信息安全普及读本（公务版）》

《信息安全普及读本（普及版）》

《网络安全基础》

《信息安全技术检查基础与实践》

《信息安全积极防御技术》（内部发行）

信息安全保障基础

本书是中国信息安全测评中心多年在信息安全保障领域研究和实践的成果，它以信息安全保障为主线，结合国家信息安全保障的工作重点和实践，系统地介绍了国内外标准和法律法规最新进展，密码、网络安全、操作系统安全、应用和数据安全、恶意代码等信息安全基础技术，信息安全管理体系、风险评估、灾难恢复、等级保护和应急响应等安全管理技术，以及信息安全工程和信息安全攻防实践，形成了符合我国国情的信息安全保障基础知识体系。对于在信息安全保障领域中从事学习、研究、实践、工程和管理的人员，本书都能够提供相应的帮助。

本书采用系统和科学的方法，将内容分为四部分：

- 第一部分：信息安全保障综述；
- 第二部分：信息安全标准法规；
- 第三部分：信息安全管理和工程；
- 第四部分：信息安全技术。

通过这几部分的学习，相信会给读者在思想和技术上带来质的飞跃！